大家小书

俞平伯 著

红楼梦研究

北京出版集团
北京出版社

图书在版编目（CIP）数据

红楼梦研究 / 俞平伯著 . — 北京 ：北京出版社，
2024. 3（2024.11重印）
（大家小书）
ISBN 978-7-200-17380-2

Ⅰ. ①红… Ⅱ. ①俞… Ⅲ. ①《红楼梦》研究 Ⅳ.
①I207.411

中国版本图书馆 CIP 数据核字（2022）第154676号

总 策 划：高立志　　　　责任营销：猫　娘
本书选题：张　帅　　　　责任印制：陈冬梅
责任编辑：王铁英　张　帅　　装帧设计：金　山

· 大家小书 ·
红楼梦研究
HONGLOU MENG YANJIU

俞平伯　著

出　　版　北京出版集团
　　　　　北京出版社
地　　址　北京北三环中路 6 号
邮　　编　100120
网　　址　www.bph.com.cn
总 发 行　北京伦洋图书发行公司
印　　刷　北京华联印刷有限公司
经　　销　新华书店
开　　本　880 毫米 ×1230 毫米　1/32
印　　张　10.375
字　　数　168 千字
版　　次　2024 年 3 月第 1 版
印　　次　2024 年 11 月第 2 次印刷
书　　号　ISBN 978-7-200-17380-2
定　　价　58.00 元

如有印装质量问题，由本社负责调换
质量监督电话　010-58572393

总　序

袁行霈

　　"大家小书"，是一个很俏皮的名称。此所谓"大家"，包括两方面的含义：一、书的作者是大家；二、书是写给大家看的，是大家的读物。所谓"小书"者，只是就其篇幅而言，篇幅显得小一些罢了。若论学术性则不但不轻，有些倒是相当重。其实，篇幅大小也是相对的，一部书十万字，在今天的印刷条件下，似乎算小书，若在老子、孔子的时代，又何尝就小呢？

　　编辑这套丛书，有一个用意就是节省读者的时间，让读者在较短的时间内获得较多的知识。在信息爆炸的时代，人们要学的东西太多了。补习，遂成为经常的需要。如果不善于补习，东抓一把，西抓一把，今天补这，明天补那，效果未必很好。如果把读书当成吃补药，还会失去读书时应有的那份从容和快乐。这套丛书每本的篇幅都小，读者即使细细地阅读慢慢地体味，也花不了多少时间，可以充分享受读书的乐趣。如果把它们当成补药来吃也行，剂量小，吃起来方便，消化起来也容易。

我们还有一个用意，就是想做一点文化积累的工作。把那些经过时间考验的、读者认同的著作，搜集到一起印刷出版，使之不至于泯没。有些书曾经畅销一时，但现在已经不容易得到；有些书当时或许没有引起很多人注意，但时间证明它们价值不菲。这两类书都需要挖掘出来，让它们重现光芒。科技类的图书偏重实用，一过时就不会有太多读者了，除了研究科技史的人还要用到之外。人文科学则不然，有许多书是常读常新的。然而，这套丛书也不都是旧书的重版，我们也想请一些著名的学者新写一些学术性和普及性兼备的小书，以满足读者日益增长的需求。

"大家小书"的开本不大，读者可以揣进衣兜里，随时随地掏出来读上几页。在路边等人的时候，在排队买戏票的时候，在车上、在公园里，都可以读。这样的读者多了，会为社会增添一些文化的色彩和学习的气氛，岂不是一件好事吗？

"大家小书"出版在即，出版社同志命我撰序说明原委。既然这套丛书标示书之小，序言当然也应以短小为宜。该说的都说了，就此搁笔吧。

目　录

红楼梦研究

自　序

一九二一年四月到七月之间，我和顾颉刚先生通信讨论《红楼梦》，兴致很好。得到颉刚底鼓励，于次年二月至七月间陆续把这些材料整理写了出来，共三卷七十篇，名曰《红楼梦辨》，于一九二三年四月由上海亚东图书馆出版。经过了二十七个年头，这书并未再版，现在有些人偶尔要找这书，很不容易，连我自己也只剩得一本了。

这样说起来，这书底运道似乎很坏，却也不必尽然。它底绝版，我方且暗暗地欣幸着呢，因出版不久，我就发觉了若干的错误，假如让它再版三版下去，岂非谬种流传，如何是好。所以在《修正红楼梦的一个楔子》一文末尾说，（见一九二八年出版的《杂拌》一一一页）"破箸帚可以掷在壁角落里完事。文字流布人间的，其掷却不如此的易易，奈何。"

读者当然要问，错误在什么地方？话说来很长，大约可分两部分，（一）本来的错误；（二）因发见新材料而证明出来的错误。各举一事为例。第一个例：如中卷第八篇《红楼梦年表》曹雪芹底生卒年月必须改正不成问题，但原来的编制法根本就欠妥善，把曹雪芹底生平跟书中贾家的事情搅在一起，未免体例太差。《红楼梦》至多，是自传性质的小说，不能把它径作为作者的传记行状看啊。第二个例：我在有正戚本评注中发见有所谓"后三十回的红楼梦"，却想不到这就是散佚的原稿，误认为较早的续书。那时候材料实在不够，我的看法或者可以原谅的，不过无论如何后来发见两个脂砚斋评本，已把我的错误给证明了。

错误当然要改正，但改正又谈何容易。我抱这个心愿已二十多年了。最简单的修正也需要材料，偏偏材料不在我手边，而且所谓脂砚斋评本也还没有经过整理，至于《红楼梦》本身底疑问，使我每每发生误解的，更无从说起。我尝谓这书在中国文坛上是个"梦魇"，你越研究便越觉糊涂。别的小说底研究，不发生什么学，而谈《红楼梦》的便有个诨名叫"红学"。虽文人游戏之谈却也非全出偶然，这儿自然不暇细谈，姑举最习见的一条以明其余。

《红楼梦》底名字一大串，作者的姓名也一大串，这不知怎么一回事？依脂砚斋甲戌本之文，书名五个：《石头记》，

《情僧录》，《红楼梦》，《风月宝鉴》，《金陵十二钗》；人名也是五个：空空道人改名为情僧，（道士忽变和尚，也很奇怪。）孔梅溪，吴玉峰，曹雪芹，脂砚斋。（脂砚斋评书者，非作者，不过上边那些名字，书上本不说他们是作者。）一部书为什么要这许多名字？这些异名，谁大谁小，谁真谁假，谁先谁后，代表些什么意义？以作者论，这些一串的名字都是雪芹底化身吗？还确实有其人？就算我们假定，甚至于我们证明都是曹雪芹底笔名，他又为什么要顽这"一气化三清"底把戏呢？我们当然可以说他文人狡狯，但这解释，您能觉得圆满而惬意吗？从这一点看，可知《红楼梦》的的确确不折不扣，是第一奇书，像我们这样凡夫，望洋兴叹，从何处去下笔呢！下笔之后假如还要修正，那将不胜其修正，何如及早藏拙之为佳。

最后，我也没机会去修改这《红楼梦辨》，因它始终没得到再版底机会哩。

现在好了，光景变得很乐观。我得到友人文怀沙先生热情的鼓励。近来又借得脂砚斋庚辰评本石头记。棠棣主人也同意我把这书修正后重新付刊。除根本的难题悬着，由于我底力薄，暂不能解决外，在我真可谓因缘具足非常侥幸了。我就把旧书三卷，有的全删，有的略改，并为上中两卷。其下卷有一篇是一九四八发表的，其余都是零碎的近作。《后三十回的红楼梦》篇名虽同旧书，却完全改写过，所以也算他新篇。共得三卷十六篇。原名《红楼梦辨》，辨者辨伪之意，现改名《红楼梦研究》，取其较通行，非敢辄当研究之名，我底《红楼梦》研究也还没有起头呢。

一九五〇年十二月，俞平伯序于北京。

论续书底不可能

《红楼梦》是部没有完全的书，所以历来人都喜欢续他。从八十回续下的，以我们现在所知道的有两种：（1）高鹗、程伟元续的四十回，即通行本之后四十回。（2）作者姓名，及回目均无考，从后人底笔记上，知道曾有这么一本底存在。这两个本子，我在下边，都各有专篇讨论。至于从高本百二十回续下去的，如《红楼圆梦》《绮楼重梦》……却一时也列举不尽，而且也没有这个必要。

从高鹗以下，百余年来，续《红楼梦》的人如此之多，但都是失败的。这必有一个原故，不是偶合的事情。自然，续书人底才情有限，不自量力，妄去狗尾续貂，是件普遍而真确的事实，但除此以外，却还有根本的困难存在，不得全归于"续书人才短"这个假定。我以为凡书都不能续，不但《红楼梦》不能续；凡续书的人都失败，不但高鹗诸人失败而已。

我深信有这一层根本的阻碍，所以我底野心，仅仅以考证、批评、校勘《红楼梦》而止，虽明知八十回是未完的书，高氏所续有些是错了的，但决不希望取高鹗而代之，因为我如有"与君代兴"的野心，就不免自蹈前人底覆辙。我宁可刊行一部《红楼梦辨》，决不敢草一页的"续红楼梦"。

　　如读者觉得续书一事，并不至于这样的困难、绝望，疑心我在"张大其词"。那么，我不妨给读者诸君一个机会，去作小规模的试验。如试验成功，便可以推倒我底断案。我们且不论八十回以后，应当怎样地去续；在八十回中即有一节缺文，大可以去研究续补底方法。第三十五回，黛玉在院内说话，宝玉叫快请，下文便没有了，到第三十六回，又另起一事，了不和这事相干。黛玉既来了，宝玉把她请了进来，两人必有一番说话；但各本这节都缺，明系中有文字待补。这不过一页的文章，续补当然是极容易的，尽不妨试验一下。如这节尚且不能续得满意，那续书这件事，就简直可以不必妄想了。

　　因为前后文都有，所以这一段缺文底大意，并非全不可知的。我愿意把材料供给愿续书的人。上回写宝玉挨打之后，黛玉来看他，只说了两三句话，便被凤姐来岔断，黛玉含意未申，便匆匆去了。后来宝玉送帕子去，黛玉因情不自禁，题了三首诗。本回黛玉看众人进怡红院去，想起自己底畸零而感伤。《红楼梦》写钗、黛喜作对文，宝钗看金莺打络子，已有了一段文字，则黛玉之来亦当有一段相当的文字。况且"通灵玉"是极重要的，宝钗底丫头为宝玉打络子，为黛玉所见，（依本回看，莺儿正打络，黛玉来了。）必不能默然无言的。所以这次宝黛谈话，必然关照到两点：（1）黛玉应有以报宝玉寄帕之情，且应当有深切安慰宝玉之语。（2）黛玉见人打络子，必然动问，必然不免讥讽嫉妒。

小小的一节文字，大意已可以揣摩而得，我竟一字不能下笔；更不用说八十回后如何续下去了。我底才短，虽是个原因，但决不是惟一的原因。我现在再从理论上，申论续书底困难。先说一般续书底困难，然后再说到续《红楼梦》底困难。

凡好的文章，都有个性流露，越是好的，所表现的个性越是活泼泼地。因为如此，所以文章本难续，好的文章更难续。为什么难续呢？作者有他底个性，续书人也有他底个性，万万不能融洽的。不能融洽的思想、情感，和文学底手段，却要勉强去合做一部书，当然是个四不像。故就作者论，不但反对任何人来续他底著作；即是他自己，如环境心境改变了，也不能勉强写完未了的文章。这是从事文艺者底应具的诚实。

至就续者论，他最好的方法，是抛弃这个妄想；若是不能如此，便将陷于不可解决的困难。文章贵有个性，续他人底文章，却最忌的是有个性。因为如表现了你底个性，便不能算是续作；如一定要续作，当然须要尊重作者底个性，时时去代他立言。但果然如此，阻抑自己底才性所长，而俯仰随人，不特行文时如囚犯一样未免太苦，且即使勉强成文，也只是尸居余气罢了。我们看高鹗续的后四十回，面目虽似，神情全非，真是可怜无补费精神的事情！我从前有一信给顾颉刚，有一节可以和这儿所说对看：

> 所以续书没有好的，不是定说续书的人才情必远逊于前人，乃因才性不同，正如其面，强而相从，反致两伤。譬如我做一文没有写完，兄替我写了下去，兄才虽胜于我，奈上下不称何？若兄矜心学做我文，则必不如弟之原作明矣。此固非必有关于才性之短长。……（一九二一，六，十八，信。）

而且续《红楼梦》，比续别的书，又有特殊的困难，这更容易失败了。第一，《红楼梦》是文学书，不是学术的论文，不能仅以面目符合为满足。第二，《红楼梦》是写实的作品，如续书人没有相似的环境、性情，虽极聪明、极审慎也不能胜任。譬如第三十五回之末，明明短了一节宝黛对语文字；说的什么事也可以知道。但我们心目中并无他俩底真的存在，所以一笔也写不出。他们俩应当说些什么话，我们连一字也想不起来。文学不是专去叙述事实，所以虽知道了事实，也仍然不中用的。必得充分了解书中人底性格、环境，然后方才可以下笔。但谁能有这种了解呢？自然全世界只有一个人，作者而已。再严格说，作者也只在一个时候，做书底时候。我们生在百年之后，想做这件事，简直是个傻子。

高鹗亦是汉军旗人，距雪芹极近，续书之时，尚且闹得人仰马翻，几乎不能下台。我们那里还有续《红楼梦》底可能？果然有这个精神，大可以自己去创作一部价值相等的书，岂不痛快些。高鹗他们因为见不到此，所以摔了一跤。我并不责备高氏底没有才情，我只怪他为什么要做这样傻的事情。我在下边批评高氏，有些或者是过于严刻的；但读者要知道这是续书应有的失败，不是高氏一个人底失败。我在给颉刚的一信中，曾对于高氏，作较宽厚的批评：

　　但续作原是件吃力不讨好的事，我也很不该责备前人。若让我们现在来续《红楼梦》，或远逊于兰墅也说不定。……我们看高氏续书，差不多大半和原意相符，相差只在微细的地方。但是仅仅相符，我们并不能满意。我们所需要的，是活泼泼人格底表现。在这一点上，兰墅可以说是完全失败。（一九二一，六，三十。）

高鹗底失败，大概是如此，以外都是些小小的错误。我在下文，所以每作严切的指斥，并不是不原谅他，是因为一百二十回本通行太久了，不如此，不能打破这因袭的笼统空气。所攻击的目标，却不在高氏个人。

这篇短文底目的：一则说明我宁写定这一书而不愿续《红楼梦》底原因；二则为高鹗诸人，作一个总辩解，声明这并非他们个人底过失（那些妄人，自然不能在内）；三则作"此路不通"的警告，免将来人枉费心力。

一九二二，六，十七。

辨后四十回底回目非原有

我们要研究《红楼梦》，第一要分别原作与续作；换句话说，就是先要知道《红楼梦》是什么。若没有这分别的眼光，只囫囵吞枣的读了下去，势必被引入迷途，毫无所得。这不但研究《红楼梦》如此，无论研究什么，必先要把所研究的材料选择一下，考察一下，方才没有筑室沙上的危险。否则题目先没有认清，白白费了许多心力，岂不冤枉呢？

《红楼梦》原书只有八十回，是曹雪芹做的；后面的四十回，是高鹗续的。这已是确定了的判断，无可摇动。我在这卷中，下边还有说到的；现在只辨明"后四十回底回目决非原有"这一个判断。

自从乾隆壬子程伟元刻的高鹗本，一百二十回本行世以后，八十回本便极少流传，直到民国初年，有正书局把有戚蓼生底序的抄本八十回影印，我们方才知道《红楼梦》有这一种本子。但当时并没发生好大影响，也从没有人怀疑到"原本究有多少回书"这一个问题。程伟元底《红楼梦序》上说：

> 然原本目录一百二十卷，今所藏只八十卷，殊非全本。……不佞以是书既有百二十卷之目，岂无全璧？……

我告诉诸位，程伟元所说的全是鬼话，和高鹗一鼻孔里出气，如要作《红楼梦》研究，万万相信不得的。程氏所以这样地说，他并不是有所见而云然，实在是想"冒名顶替"，想把后四十回抬得和前八十回一样地高，想使后人相信四十回确是原作，不是兰墅先生底大笔。这仿佛上海底陆稿荐，一个说"我是真正的"，一个说"我是老的"，一个说"我是真正老的"，正是一样的把戏。

原来未有一百二十回本以前，先已有八十回抄本流传。高鹗说：

> 予闻《红楼梦》脍炙人口者几二十余年，然无全璧，无定本。向曾从友人处借观，窃以染指尝鼎为憾。今年春，友人程子小泉过予，以其所购全书见示……（高本自序）

他告诉我们的，明显的有好几点：（1）他没有续书以前《红楼梦》已盛行二十余年了。（2）流行的抄本极多、极杂，但都是八十回本，没有一部是完全的。（3）这种八十回抄本，高氏曾经见过；很有憾惜书不完全之意。（4）直到一七九一年春天，他方才看见全书，实在是到这时候，他方续好。

既在高程两人未刊行全书以前，社会上便盛行八十回本的《红楼梦》；这当然，百二十回本行世不免有些困难。因这个困难，程高二位便不得不掉一个谎。于是高氏掩饰续书之事，归之于程伟元；程氏又归之于"破纸堆中""鼓担上"。但这样的奇巧事情，总有些不令人相信。那就没有法子，程伟元只得再造一个谣言，说原本有一百二十回底目录。看他说："既有百二十卷之目，岂无全璧？"他底掉谎底心思——为什么掉谎——昭然若揭了！

而且这个谎，掉得巧妙得很，不知不觉地便使人上当。一则当时抄本既很庞杂没有定本，程伟元底谎话一时不容易对穿。譬如有人就疑心当时抄本既很多，或者有些是有百二十回底目录的。这正是至今还有人上程氏底当一个例子。二则高作四十回，与目录是一气呵成的。明眼人一看，便知道决非由补缀凑合而成。如承认了后四十回底目录是原有的，那么，就无形地得默认后四十回也是原作了。到读者这样的一点头，高鹗和程伟元底把戏，就算完全告成。他们所以必先说目录是原有的，正要使我们承认"本文是原作"这句话，正是要掩饰补书底痕迹，正是要借作者底光，使四十回与八十回一起流传。

果然，这个巧妙的谎，大告成功。读者们轻轻地被瞒过了一百多年之久，在这一时期中间，续作和原作享受同样的崇仰，有同广大的流布。高氏真是撒谎的专家，真是附骥尾的幸运儿。他底名姓虽不受人注意；而著作却得了十倍的声价。我们不得不佩服程高两位底巧于作伪，也不得不怪诧一百多年的读者没有分析的眼光。（例外自然是有的。①）

但到一九二一以后，高鹗便有些倒霉了，他撒的大谎也渐渐为人窥破，立脚不住，不但不能冒名顶替，且每受人严切的指斥。俗语说得好："若要人勿知，除非己莫为。"天下那里有永不拆穿的西洋镜！

我在未辨正四十回底本文以先，即要在回目上面下攻击；因为回目和本文是相连贯的，若把回目推翻了，本文也就有些立脚不住。从程高二人底话看，作伪底痕迹虽然可见；但这些总是揣想，不足以服他们底心。我所用的总方法来攻击高氏的，说来也很简单，就是他既说八十回和四十回是一人做的，

① 思元斋著《枣窗闲笔》已斥高鹗续书，见《燕京学报》第三十七期周汝昌文中所引。（页一三三）

红楼梦研究

当然不能有矛盾；有了矛盾，就可以反证前后不出于一人之手。我处处去找前后底矛盾所在，即用八十回来攻四十回，使补作与原作无可调和，不能两立。我们若承认八十回是曹雪芹做的，就不能同时承认后四十回也是他做的。高鹗喜欢和雪芹并家过日子，我们却强迫他们分居。

我研究《红楼梦》，最初便怀疑后四十回之目。写信给颉刚说："后四十回不但本文是续补，即回目亦断非固有。"（一九二一，四，二十七。）后来颉刚来问我断论底依据，我回他一封信上举了两项：（1）后四十回中写宝玉结局，和回目上所标明的，都不合第一回中自叙底话。（2）史湘云底丢却，第三十一回之目没有关照。

最显明的矛盾之处，是宝玉应潦倒，而目中明写其"中乡魁"；贾氏应一败涂地，而目中明写其"延世泽"；香菱应死于夏金桂之手，而目中明写"金桂自焚身"。其余可疑之处尚多，现在先把这最明白的三项，列一对照表，以便参阅。

这可以不必再加什么说明，矛盾的状况已显然呈露。若说四十回之目是原有的，请问下表所列，应作何解释？作者底疏忽决不至此；因这类冲突实在太凶了，决非疏忽所可以推诿的。

我给颉刚信中所述的第二项，这儿没有列入表中。因为"白首双星"一回，下半部虽没有照应，但只可以证四十回是续书，不足以充分证明回目底非原作。我在那时把"白首双星"解得太拘泥了，疑惑作者意在写宝玉湘云成婚，以金麒麟为伏脉。我实在不甚了解"因麒麟伏白首双星"究竟是怎么一回事情。所以在那信上说：

> 这回之目怎样解法？何谓因？何谓伏？何谓双星？在后四十回本文中，回目中，有一点照应没有？（一九二一，五，四。）

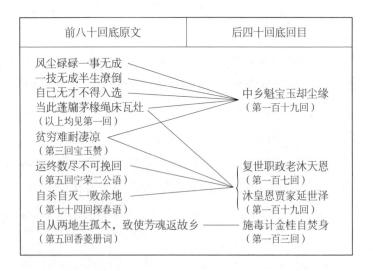

前八十回底原文	后四十回底回目
风尘碌碌一事无成 一技无成半生潦倒 自己无才不得入选 当此蓬牖茅椽绳床瓦灶 （以上均见第一回） 贫穷难耐凄凉 （第三回宝玉赞）	中乡魁宝玉却尘缘 （第一百十九回）
运终数尽不可挽回 （第五回宁荣二公语） 自杀自灭一败涂地 （第七十四回探春语）	复世职政老沐天恩 （第一百七回） 沐皇恩贾家延世泽 （第一百十九回）
自从两地生孤木，致使芳魂返故乡 （第五回香菱册词）	施毒计金桂自焚身 （第一百三回）

我那时胸中只有宝湘成婚这一种解释，所以断定后四十回之目既没有照应，便是高鹗补的。（如宝湘成婚非见回目不可）自从发见了后三十回的《红楼梦》，得了一种新想象新解释，湘云底结局，即不嫁宝玉，也可以照顾到这回底暗示；那么，从这一点论，可谓对于回目无甚关系了。（湘云与他人成婚，本可以不见回目的）既无甚关系，在这节中，当然宜从删削。

以外，第一百九回之目，稍有些可疑。高本八十回中，虽没写柳五儿之死，但戚本却明明叙出，她是死了。依戚本为正，那么，所谓"五儿承错爱"，又是一点大破绽。高本自身虽幸免矛盾，但也许因他要补这一节文字，所以把五儿之死一节原文删了，也说不定的。我在这里，又不免表示一点疑惑。

我们以外不必再比附什么，即此为止，已足以证明"回目是经过续补的"这个断语。而且，回目底续下，定是从八十一回起笔的，不是从八十回，也不是从八十二回。我们且不管以外的证据，如戚蓼生、程伟元、张船山他们底话；只就本书底内证，已足明"后四十回目非原有"这个命题而有余。我对颉刚说：

这不但是"中乡魁"露了马脚，在紧接原书之第一回，即第八十一回已如此。续书第一回就"奉严词两番入家塾"，这明是高鹗先生底见解来了，所以终之以"中乡魁""延世泽"等等铜臭话头。（一九二一，六，九。）

入家塾即是为中举底张本。中举一事非作者之意，因之入家塾一事亦非作者之意。第八十一回之目，既已不合作者之意；可见八十一回以后各回之目都是高氏一手续的。换句话说，便是现行的百二十回本只有八十回的目是真，亦不多一回，多一回已八十一了，亦不少一回，少一回只七十九了。程伟元高鹗两人底话，全是故意造谣，来欺罔后人的①。

---

① 现在知道后三十回是雪芹原作，既另有回目，则后四十回目录之伪，毫无疑问了。

红楼梦研究

高鹗续书底依据

我们既已知道现行本后四十回底本文，回目都是高鹗一手做的；就可以进一步去考察这四十回底价值。从偏好上，我对于高作是极不满意的，但却也不愿因此过于贬损他底应得的地位。我不满意于高作底地方，在另篇详论。现在先从较好的方面着笔，就是论他续书底依据所在。

最初，颉刚是很赏识高鹗的。他说："我觉得高鹗续作《红楼梦》，他对于本文曾经细细地用过一番功夫，要他的原文恰如雪芹底原意。所以凡是末四十回的事情，在前八十回都能找到他的线索。……我觉得他实在没有自出主意，说一句题外的话，只是为雪芹补苴完工罢了！"（一九二一，五，十七，信。）

他底话虽然有些过誉，但大体上也是对的。高鹗补书，在大关节上实在是很细致，不敢胡来。即使有疏忽的地方，我们也应当原谅他。况且他能为《红楼梦》保存悲剧的空气，这尤使我们感谢。这点意思，已在《红楼梦底风格》一节文中说及了。

我们现在从实际上，看他续书底依据是什么？我先举几件，在后四十回的荦荦大事，试去推究一下。

（一）宝玉出家

（1）空空道人遂因空见色，自色悟空；遂改名情僧，改石头记为情僧录。（第一回）

（2）甄士隐听了好了歌，随着跛足道人飘飘而去。（第一回）

（3）贾雨村游智通寺，门旁有一副对联，下联是"眼前无路想回头"。雨村想道："……其中想必有个翻过筋斗来的也未可知……"走入看时，只见一个龙钟老僧在那里煮饭。（第二回）

（4）警幻说："或冀将来一悟，未可知也。""快休前进，作速回头要紧！"（第五回）

（5）"说不得横了心，只当他们死了，横竖自家也要过的；如此一想，却倒毫无牵挂，反能怡然自悦。"（第二十一回）

（6）第二十二回之目是"听曲文宝玉悟禅机"。

（7）宝玉道："什么大家彼此！他们有大家彼此，我只有'赤条条无牵挂'的！"言及此句，不觉泪下。他占偈道："是无有证，斯可云证。无可云证，是立足境。"他做的一支《寄生草》是："肆行无碍凭来去。茫茫着甚悲愁喜？纷纷说甚亲疏密？从前碌碌却因何？到如今，回头试想真无趣！"（第二十二回）

（8）和尚念的诗是："沉酗一梦终须醒，冤债偿清好散场！"（第二十五回）

（9）黛玉道："我死了呢？"宝玉道："你死了我做和尚。"（第三十回）

（10）宝玉笑道："你死了，我做和尚去。"（第三十一回）

（11）宝玉默默不对。自此深悟人生情缘，各有分定，只是每每暗伤，不知将来葬我洒泪者为谁？（第三十六回）

（二）宝玉中举

（1）"嫡孙宝玉一人，聪明灵慧，略可望成。"（第

五回）

（2）众清客相公们都起身笑道："今日世兄一去，二三年便可显身成名的了！"（第九回）

（3）黛玉笑道："好！这一去可是要蟾宫折桂了。"（同上）

但这是高鹗底误会。第五回所引文下，尚有"吾家数运合终"一语，可见上边所说是反语。第九回清客们底话，随口点染，并无甚深义的。至于黛玉底话，也是讥讽口吻。颉刚说："其实这一句也不过是黛玉习常的讥讽口吻，作者未必有深意。要是这句作准，那第十八回里，宝钗也对宝玉说：'亏你今夜不过如此，将来金殿对策，你大约连赵钱孙李都忘了呢！'也可以算宝玉去会试了。"（一九二一，五，十七，信。）

（三）贾氏抄家

（1）"陋室空堂，当年笏满床；衰草枯杨，曾为歌舞场。蛛丝儿结满雕梁，绿纱今又糊在蓬窗上。""因嫌纱帽小，致使锁枷扛。"（第一回）

（2）偶遇荣宁二公之灵，嘱吾云："吾家自国朝定鼎以来，功名奕世，富贵流传，已历百年，奈运终数尽，不

可挽回。"（第五回）

（3）秦氏道："常言，'月满则亏，水满则溢'；又道是'登高必跌重'。如今我们家赫赫扬扬，已将百载；一日倘或乐极生悲，若应了那句'树倒猢狲散'的俗语，岂不虚称了一世诗书旧族了！""便是有罪，他物可入官，这祭祖产业，连官也不入的。"（第十三回）

（4）探春道："你们别忙，自然连你们抄的日子有呢。你们今日早起，不曾议论甄家，自己家里好好的，——抄家，果然真抄了。咱们也渐渐的来了。"（第七十四回。这回目是抄检大观园。）

（5）"才有甄家的几个人来，还有些东西，不知是做什么机密事。"尤氏听了道："甄家犯了罪，现今抄没家私，调取进京治罪，怎么又有人来？"老妈妈道："才来了几个女人，气色不成气色，慌慌张张的，想必有瞒人的事。"（第七十五回）

（6）王夫人说甄氏抄家事，贾母甚不自在。（同上）

（7）第七十五回之目是"异兆发悲音"。本文上说："忽听那边墙下有人长叹之声。大家明明听见，都毛发悚然。……恍惚闻得祠堂内槅扇开阖之声，只觉得阴气森森，比先更觉凄惨起来。"

高鹗补抄家一节文字，本此。他写宁府全抄了，也本此。《红楼梦》写宁国府底腐败，极有微词，将来自应当有一种恶结果。且"树倒猢狲散""有罪家产入官"说在秦氏口中。甄家被抄事，又从尤氏一方面听来。异兆发悲音，又专被贾珍他们听见。再证以第五回，"造衅开端实在宁"等处，可见将来被祸，宁府尤烈。高氏写此等处非无根据，但到末尾数回，自己完全推翻了上边所说的，实在是他底大错。

（四）贾氏复兴

（1）"昨怜破袄寒，今嫌紫蟒长。"（第一回）

（2）秦氏冷笑道："否极泰来，荣辱自古周而复始……"（第十三回）

我所找着的，可以替他作辩护，只有这两条。而其实都靠不住。（1）或指一人一事而言，未必是说贾氏复兴，我疑心是指李纨贾兰底事情。（2）秦氏所说，正是反话，所以在下边紧接一句，"岂人力所能常保的？"她又说："万不可忘了那盛筵必散的俗语。"可见她无非警告凤姐，处处预作衰落时底打算，不致将来一败而不可收拾，并非作什么预言家。后来因凤姐毫不介意，且更威福自恣，以致一败涂地，应了荣宁两公底"运终数尽"的话。高鹗补得不对，我不必再为他辩护。

（五）黛玉早死

（1）"昨日黄土陇头堆白骨……"（第一回）

（2）和尚说："……只怕他的病，一生也不能好的！"（第三回）

（3）"欠泪的，泪已尽。"（第五回）

（4）黛玉道："我作践了我的身子，我死我的！……偏要说死！我这会就死！……正是了；要是这样闹，不如死了干净！""死活凭我去罢了！"（第二十回）

（5）黛玉续偈说："无立足境，方是干净！"（第二十二回）

（6）葬花诗上说："红消香断有谁怜？……桃李明年能再发，明年闺中知有谁？……却不道人去梁空巢亦倾！……明媚鲜妍能几时？一朝飘泊难寻觅。……天尽头，何处有香丘？未若锦囊收艳骨，一抔净土掩风流。……未卜侬身何日丧，侬今葬花人笑痴，他年葬侬知是谁？试看春残花渐落，便是红颜老死时，一朝春尽红颜老，花落人亡两不知！"（第二十七回）

（7）林黛玉的花颜月貌，将来亦到无可寻觅之时。

（第二十八回）

（8）"况近日每觉神思恍惚，病已渐成。医者更云：'气弱血亏，恐致劳怯之症。'我虽为你知己，但恐不能久待；你纵为我知己，奈我薄命何！"（第三十二回）

（9）"那黛玉还要往下写时，觉得浑身火热，面上作烧。……只见腮上通红，真合压倒桃花，却不知病由此深。"（第三十四回）

（10）黛玉近日又复嗽起来，觉得比往常又重。宝钗来望她，黛玉道："不中用，我知道我的病是不能好的了。""生死有命，富贵在天，也不是人力可强求的。今年比往年反觉又重些似的。"说话之间，已咳嗽了两三次。（第四十五回）

（11）黛玉抽着的诗签，是一枝芙蓉花，题着"风露清愁"，有一句诗，道是："莫怨东风当自嗟。"（第六十三回）

（12）黛玉做的柳絮词，有"飘泊亦如人命薄，空缱绻，说风流。"（第七十回）

（13）黛玉和湘云联句有"冷月葬诗魂"之句。湘云道："只是太颓丧了些。你现病着，不该作此凄清奇谲之语。"（第七十六回）

（14）妙玉笑道："有几句虽好，只是过于颓败凄楚。此亦关于人之气数而有……"（第七十六回）

（15）黛玉叹道："我睡不着，也并非一日了，大约一年之中，通共也只好睡十夜满足的。"湘云道："你这病就怪不得了！"

（16）宝黛推敲晴雯诔中底字句。宝玉说："莫若说，茜纱窗下，我本无缘；黄土陇中，卿何薄命！"黛玉听了，陡然变色。虽有无限狐疑，外面却不肯露出。（第七十九回）

这不过随便翻检着，可举的已有十六条之多。如仔细寻去，八十回中暗示黛玉之死，恐怕还多着呢。高鹗补书，以事迹论，自然不算错；只是文章却不见高明，这也容我在下篇批评。

（六）宝钗与宝玉成婚

（1）《红楼梦曲》——"都道是金玉良缘……空对着山中高士晶莹雪……纵然是齐眉举案，到底意难平！"（第五回）

（2）第八回高本底回目，是"贾宝玉奇缘识金锁，薛宝钗巧合认通灵"。

（3）同回宝玉到宝钗处，宝钗看他底那块玉，口里念道："莫失莫忘，仙寿恒昌。"……莺儿嘻嘻的笑道："我听这两句话，倒像和姑娘项圈上的两句话是一对儿。"宝玉拿宝钗底项圈看，是"不离不弃，芳龄永继"，因笑问："姐姐，这八个字倒与我的是一对儿。"

（4）"谁想贾母自见宝钗来了，喜他稳重和平。……"（第二十二回）

（5）宫中所赐端午节物，独宝钗和宝玉一样。

（6）宝玉听黛玉提出"金玉"二字，不觉心里疑猜。

（7）宝钗因有"金锁是和尚给的，等日后有玉的方可结为婚姻"等语，所以总远着宝玉。

（8）宝玉忽然想起"金玉"一事来，再看宝钗形容，比黛玉另有一种妩媚风流，不觉就呆了。（以上四条，均见第二十八回。）

（9）薛蟠说："从前妈妈和我说：你这金，要拣有玉的才可配。"（第三十四回）

（10）贾母道："提起姊妹们……都不如宝丫头。"（第三十五回）

（11）宝玉笑道："……明儿不知那一个有福的消受你们主儿两个呢！"见莺儿娇腔宛转，语笑如痴，早不胜

其情了，那堪更提起宝钗来。（同上）

（12）第三十六回之目是："绣鸳鸯梦兆绛芸轩"。事迹是宝玉睡了，宝钗代袭人绣他兜肚上底鸳鸯。宝玉在梦里喊骂，"什么金玉姻缘！"

（13）王夫人托宝钗照应家务说："好孩子，你还是个妥当人……你替我辛苦两天，照看照看。"（第五十五回）

（14）宝钗做的柳絮词是："……好风凭借力，送我上青云。"（第七十回）

以外提金玉之处尚多，零零散散，一时也举不尽。我们看了这些证据，就得承认作者有使钗玉团圆这个意思。若我们要做翻案文字，就先得要把这些暗示另换一个解释，而且是很自然、清楚、不牵强的解释。这当然是很不容易的事。某补本底作者使宝钗早卒，不知是怎样写法的？悬揣起来要处处说得圆满恐怕不很可能。高鹗在这一点上，我也不敢轻菲薄他。

（七）宝钗守寡——宝玉弃她而出家

（1）薛姨妈道："姨妈不知宝丫头古怪呢，他从来不爱这些花儿粉儿的。"（第七回）

（2）宝钗念支《寄生草》与宝玉听，内有"没缘法，转眼分离乍，赤条条，来去无牵挂"之语。后来宝玉就因此"悟禅机"。（第二十二回）

（3）宝钗听见宝玉在梦中喊骂说："和尚道士的话，如何信得；什么金玉姻缘，我偏说木石姻缘！"宝钗不觉怔了。（第三十六回，并参看第五回《红楼梦曲》。）

（4）宝钗房中，布置得十分朴素。贾母说："使不得。……年轻的姑娘们，房里这样素净，也忌讳。……"（第四十回）

高鹗补宝玉娶宝钗后做和尚这段文字，正本此。

（八）黛死钗嫁在同时

"昨日黄土陇头堆白骨，今宵红绡帐里卧鸳鸯。"（第一回，《好了歌注》。）

我以前不懂高氏为什么定要把事情写得如此淋漓尽致，定要说，"当时黛玉气绝，正是娶宝钗这个时辰。"（第九十八回）现在才恍然了。这两句话，是否应作这般解释，这是另一问题，我想他是误会了。

（九）元春早卒

（1）元春底册词说："二十年来辨是非……虎兔相逢大梦归。"

（2）《红楼梦曲》《恨无常》支中说："喜荣华正好，恨无常又到……儿命已入黄泉。天伦啊，须要退步抽身早。"（均见第五回）

（3）凤姐梦可卿同她说："眼前不日又有一件非常喜事，真是烈火烹油，鲜花着锦之盛；要知道也不过是瞬息的繁华，一时的欢乐……"（第十三回）

（4）元妃底灯谜是："……一声震得人方恐，回首相看已化灰。"（第二十二回）

高鹗补元春事完全根据在此。所以写贾母梦见元春，她还劝贾母，"荣华易尽，须要退步抽身。"（第八十六回）高氏又明叙元春死在甲寅年十二月十九日，而十二月十八日立春，已交卯年寅月。这明是比附"虎兔相逢"了。（第九十五回）

（十）探春远嫁

（1）她底册子，画着两人放风筝，一片大海，一只大船，船上有一女子，掩面泣涕之状。诗云："……清明泣送江边望，千里东风一梦遥。"

（2）《红楼梦曲》《分骨肉》支云："一帆风雨路三千，把骨肉家园齐来抛闪。……自古穷通皆有定，离合岂无缘？从今分两地，各自保平安。"（均见第五回）

（3）她底灯谜是风筝，词曰："……游丝一断浑无力，莫向东风怨别离。"（第二十二回）

（4）她做的柳絮词，是半首《南柯子》，是："……也难绾系也难羁，一任东西南北各分离。"（第七十回）

这很明显，高氏写探春嫁在海疆，系从册子上看来的。（第一百十六回，宝玉重见册子，影影有一个放风筝的人儿。）但在第一百十九回上，写她归家一次，也大可不必。总之，高氏不善写述悲哀这个毛病，到处都流露着①。

（十一）迎春被糟蹋死

（1）册子画一恶狼，追扑一美女，有欲啖之意，词曰："子系中山狼，得志便猖狂。金闺花柳质，一载赴黄粱。"（第五回）

---

① 高鹗写探春嫁后颇得意，其依据在第六十三回，探春抽的诗签，注云："必得贵婿"，故此节补文不甚错，却稍有误会。惟写她嫁后归宁，则无据。

（2）曲子里也说："……叹芳魂艳魄，一载荡悠悠。"（同上）

（3）第八十回写迎春归宁，在王夫人房中哭诉一节文字。

所以高氏在第一百九回上写迎春说："可怜我只是没有再来的时候了！"又明叙结婚年余，被孙家折磨，以致身亡。这儿所谓年余，正与册子曲子上底一载相映射。

（十二）惜春为尼

（1）册子中一所大庙，里面有一美人在内看经独坐，其判云："勘破三春景不长，缁衣顿改昔年妆。可怜绣户侯门女，独卧青灯古佛旁。"

（2）曲子中《虚花悟》支，"将那三春看破……闻说道，西方宝树唤婆娑，上结着长生果。"（均见第五回）

（3）周瑞家的到惜春处，惜春笑道："我这里正和智能儿说，我明儿也剃了头，同他作姑子去。……"（第七回）

（4）尤氏笑道："这会子又做大和尚，又讲起参悟来了。""可知你真是心冷嘴冷的人。"惜春道："怎么我不冷！……"（第七十四回）

（5）探春道："这是他向来的脾气，孤介太过，我们再扭不过他的。"（第七十五回）

以外如戚本上底惜春一谜，不在此内。高氏写宝玉重游太虚幻境以后，惜春为尼之时，宝玉重述册子语一次，尤为这是他补书底依据底明证。（第一百十八回）后来惜春住在栊翠庵，大约是想应合那册子上底大庙了。（第一百二十回）但栊翠不过是点缀园林的一个尼庵，似乎不可以说是大庙。我以为她后来在水月庵，比较对些。

（十三）湘云守寡

（1）册子上画着几缕飞云，一湾逝水，其词曰："……展眼吊斜晖，湘江水逝楚云飞。"

（2）曲子《乐中悲》支，"……厮配得才貌仙郎……终久是云散高唐，水涸湘江。……"

高氏对于这两条不但误解了，且所补湘云传，亦草率之至。他只用"姑爷很好，为人又和平"等语，（第一百六回）来敷衍曲子上底"厮配得才貌仙郎"。又说她丈夫成了痨病，（第一百九回）后来死了，湘云立志守寡；（第一百十八回）就算应合"云散水涸"了。至于金麒麟这一段公案，几乎一字不提。即在第八十三回，周瑞家的和凤姐，谈了半天金麒麟，也并无关于湘云底姻缘，所以高氏写湘云，几乎是无所依据。

（十四）妙玉被污

（1）册子上画着一块美玉，落在污泥之中。词曰："欲洁何曾洁，云空未必空。可怜金玉质，终陷淖泥中！"

（2）曲子中《世难容》支，"……却不知好高人愈妒，过洁世同嫌。……到头来，依旧是风尘肮脏违心愿；好一似无瑕白璧遭泥陷。……"（均见第五回）

高鹗在第一百十二回，写妙玉被人轻薄，本此。但他只写她不知所终，虽在第一百十七回，隐隐约约地说她被杀，也只是"梦话"罢了。他又何尝能充分描写出所谓"风尘肮脏违心愿"呢？凡看到这些地方，我总觉得后四十回只是一本账簿。即使处处有依据，也至多不过是很精细的账簿而已。

（十五）凤姐之死

（1）她底册词说："……哭向金陵事更哀！"

（2）曲子上说："……反算了卿卿性命。……终有个

家亡人散各奔腾；……"（均见第五回）

（3）八十回内写她贪财放债，逼害人命，有好几处。（如第十五回、第十六回、第六十九回、第七十二回等等。）

高鹗因此写凤姐家私，以重利盘剥故被抄；（第一百五、一百六回）又写贾琏后来和她感情淡薄。第一百六回，贾琏啐道："……我还管他么！"第一百十三回，"看着贾琏并不似先前的恩爱，竟像不与他相干的。"在她临死的时候又写："琏二奶奶说些胡话，要船要轿的，说到金陵归入册子去。"袭人又和宝玉明提册子，可见是受"哭向金陵事更哀"这句话底暗示。（所引见一百十四回）高氏如此写"返金陵"自然是胡闹；况且册子上还有一句，"一从二令三人木"，他又如何交代？

（十六）巧姐寄养于刘氏

（1）她底册子是一座荒村野店，有一美人在那里纺绩，其判曰："势败休云贵，家亡莫论亲；偶因济刘氏，巧得遇恩人。"

（2）曲子《留余庆》支云："留余庆，忽遇恩人……幸娘亲，积得阴功。……休似俺那爱银钱，忘骨肉的狠舅

奸兄。"（均见第五回）

（3）刘姥姥命她底名为巧姐儿；又说，"……或有一时不遂心的事，必然遇难成祥，逢凶化吉，都从这'巧'字儿来。"（第四十二回）

后四十回，巧姐底结局全本此。因画上有荒村野店，美人纺绩；所以后来嫁给一庄稼人，姓周的。（第一百十九、第一百二十回）因为有"家亡莫论亲"及"爱银钱，忘骨肉的狠舅奸兄"，所以写巧姐将为王仁（狠舅）贾环贾芸（奸兄）等所盗卖，而他们所以要如此办，因为外藩肯花银子。（第一百十八、第一百十九回）因为明叙"济刘氏""积阴功""留余庆""巧得遇恩人""遇难成祥，逢凶化吉"，等语；所以巧姐被刘氏救去，依然父女团圆，夫妻偕老。（第一百十九、第一百二十回）高氏补巧姐传，可谓一句题外的话也没有说，只是文笔拙劣，叙述可笑罢了。

（十七）李纨因贾兰而贵

（1）贾兰年方五岁，已入学攻书。李氏惟知侍亲教子。（第四回）

（2）册子上画一盆茂兰，旁有凤冠霞帔的美人，判云："桃李春风结子完，到头谁似一盆兰？"

（3）曲子《晚韶华》支云："……只这戴珠冠披凤袄……气昂昂头戴簪缨，光灿灿胸悬金印，威赫赫爵禄高登……"（均见第五回）

（4）贾兰做了一首诗，呈与贾政看。贾政看了，喜不自胜。（第七十五回）

（5）众幕宾见了贾兰做的姽婳词，便皆大赞："小哥儿十三岁的人就如此，可知家学渊源，真不诬矣！"贾政笑道："稚子口角，也还难为他。"（第七十八回）

以外恐怕提到贾兰聪慧好学的地方还有，只在一时不能遍举了。高氏写贾兰中了一百三十名举人，又说，"兰桂齐芳家道复初"；都是从这些看来的。（第一百九回、第一百二十回）更清楚的是，宝玉临走时，对李纨说："日后兰哥还有大出息，大嫂子还要戴凤冠霞帔呢。"（第一百十九回）这明是故意作册子底照应。

（十八）秦氏缢死

（1）册子上画着高楼，上有一美人悬梁自尽。（第五回）

（2）秦氏死了，合家无不纳闷，都有些疑心。（第十三回，《金玉缘》本如此。亚东有正两本均作伤心，非。有正本更以纳闷为纳叹，更谬。）①

秦氏死在第十三回中，似乎无关涉高氏，但他因为前八十回将真事写得太晦了，所以愿意重新提一提，使读者可以了然。第一百十一回上说鸳鸯上吊，只见灯光惨淡，隐隐有个女人，拿着汗巾子，好似要上吊的样子；后来细细一想，方知道是东府里的小蓉大奶奶。鸳鸯想道："……他怎么又上吊呢？"后来她解下一条汗巾，按着秦氏方才立的地方拴上。她死了以后，只见秦氏隐隐在前。高鹗如此写法，可见他也相信秦氏是缢死的。但如此写出秦氏之引诱鸳鸯，仿佛如世俗所传的缢鬼要找替身，这实在不见高明。至于原书叙秦氏缢死，怎样地写法？为什么要这样地写？这都在另一篇上详论。

（十九）袭人嫁蒋玉函

（1）册词道："枉自温柔和顺，空云似桂如兰。堪羡优伶有福，谁知公子无缘。"（第五回）

_____

① 现在知道《金玉缘》本即根据程伟元甲本。脂砚斋甲戌本、庚辰本并作"疑心"。程乙本则作"伤心"。

（2）袭人说："去定了。"宝玉听了，自思道："谁知这样一个人，这样薄情无义呢！"（第十九回）

（3）蒋玉函唱的曲子，有"配凤鸾""入鸳帏"等语；说的酒令，有"并头双蕊""夫唱妇随"等语，说的酒底是"花气袭人知昼暖"。（袭人以此命名，见第三回）后来又被薛蟠明白叫破。（第二十八回）

（4）宝玉与蒋玉函换汗巾，而宝玉底松花汗巾原是袭人底。后来宝玉又把琪官赠的大红汗巾，结在袭人腰间。（第二十八回）

（5）晴雯被逐，宝玉大不满意袭人，所以他说："你是头一个出了名的至善至贤的人……焉得有什么该罚之处？……"袭人细揣此话，直是宝玉有疑她之意，竟不好再劝了。（第七十七回）

（6）《芙蓉女儿诔》中有："孰料鸠鸩恶其高，鹰鸷翻遭罦罭。薋葹妒其臭，茝兰竟被芟锄……偶遭蛊虿之谗……诼谣诟，出自屏帏；荆棘蓬榛，蔓延窗户。既怀幽沈于不尽，复含罔屈于无穷。……呜呼！固鬼蜮之为灾，岂神灵之有妒？毁诐奴之口，讨岂从宽！……"（第七十八回）

从这几点看，高鹗写袭人薄幸，自然也不算没有依据。不过他写宝玉走后袭人方嫁，并不合于作者之意。高氏在第一百二十回，明点"好一个柔顺的孩子"，正是照应册子上所谓"枉自温柔和顺，空云似桂如兰"。惟他以袭人不能守节，所以贬在又副册中，实在离奇得很。册子中分"正""副""又副"，何尝含有褒贬的意义？高氏在这一点上，却真是"向壁虚造"了。

（二十）鸳鸯殉主

（1）鸳鸯冷笑道："……不然，还有一死！……"

（2）"伏侍老太太归了西，我也不跟着我老子娘哥哥去；或是寻死……"（均见第四十六回）

高氏补此节，大约从这些地方看出作者底意思。但鸳鸯说的话，都是"死"与"做姑子"双提；何以高氏定说她是殉主？想是因这般写法，文笔可以干净些，也未可知。再不然就是大观园中人做姑子的太多了（如芳官、四儿、惜春、紫鹃等），不得不换一番笔墨，去写鸳鸯。

以外大观园诸婢底结局，也多少和前八十回有些照应。如平儿扶正，（第一百十九回）则本于平日贾琏和她底恩爱，及平儿厚待尤二姐。（第二十一回、第四十四回、第六十九回）补五儿一段文字，则因第六十回、第六十一回应有照应。（第一百九回）写莺儿后来服侍宝玉，（第一百十八回）则本于第三十五回。只有小红和贾芸一段公案却未了结。麝月抽着了荼蘼签，也未见有结局。

后四十回中还有许多大事，也可以约略考见其线索。

（一）薛文起复惹放流刑。（第八十五回）

（1）薛蟠打死了冯渊，避祸入京，住在贾宅梨香院，被贾氏子弟引诱得薛蟠比当日更坏了十倍。（第四回）

（2）第四十八回之目是"滥情人情误思游艺"。似乎下边还有文章，不见得就此太平无事。

（二）宴海棠贾母赏花妖。（第九十四回）

宝玉道："……今年春天已有兆头的。这阶上好好的一株海棠花，竟无故死了半边，我就知道有坏事！……所以这海棠，亦是应着人生的！"（第七十七回）

（三）证同类宝玉失相知。（第一百十五回）

（1）贾雨村说甄宝玉底性情，完全与宝玉相同。（第二回）

（2）宝玉入梦，见甄宝玉和自己一样。（第五十六回）

甄宝玉自然是宝玉底影子，并非实有其人，但何必设这样一个若有若无的人呢？这不但我们不解，即从前人也以为不可解。（如江顺怡君）高氏想也觉得这样写法，太没有道理；所以极力写甄宝玉是个世俗中人，使与宝玉作对文。但他虽然作了翻案文字，也依然毫无道理，不脱前人底窠臼。

（四）得通灵幻境悟仙缘。（第一百十六回）

（1）甄士隐梦到太虚幻境。（第一回）

（2）贾宝玉梦到太虚幻境。（第五回）

但他何以要使宝玉去重游幻境呢？这因为不如此，宝玉不能看破红尘，飘然远去。所以他说："两番阅册，原始要终之道。历历生平，如何不悟？"（第一百二十回）

高氏所补的四十回底依据所在，已大约写出；虽不见详备，也大致差不多了。我们离高鹗一百多年，要想法搜寻他作文时的字簏中物，当然是劳而无功。但我以为如此一考，更可以使读者明白后四十回怎样补成的。

　　但是高氏补书，除有依据之外，还有一种情形要加注意的，就是文情底转折。往往有许多地方，虽并无所依据，而在行文方面，却不得不如此写，否则便连串不下。所以我们读高氏续作，虽然在有些地方是出于他杜撰的，只要合于文情，也就不可轻易说他。我们要知道，有依据的未必定是好；反之，没有依据也未必定是不好。高鹗续书是否有合于作者底原意，是一件事；续书底好歹又是一件事，决不能混为一谈。所以虽承认了高氏底审慎，处处有所依据，但我们依然可以批评这书底没有价值。在另一方面想，我们说高作完全出杜撰，一点不尊重作者底意旨，却也可以推重这书有独立的声价。只是就续《红楼梦》说，两个条件不能不双方并顾；一方固然要有所依据，那一方又要文情优美。因为如没有依据，便不成为"红楼梦底续作"；如文字不佳，那又不成为好书了。

　　高氏自然到处都不能使我们惬意，但他底杜撰之处实在不很多。有许多地方，虽然说是杜撰，但却另有苦衷，不得不作如此写的。续书中最奇特的一段文字是宝玉失通灵，及后来和尚送玉。（第九十回、第一百十六回）既是要他失玉，又何必复得？况且，玉底来去，了无踪迹，实在奇怪。说得好听些，是太神秘了；不好听呢，便是情理荒谬。且不但这一段而已，即第九十六回，"瞒消息凤姐设奇谋"，以我们眼光看来，何必写得贾氏一家如此阴险？况且，所谓"奇谋"，实际上连一个大也不值，岂不可笑？

但如仔细想一想，便可以知道高氏作文底因由，不得因为没有依据便一棒打杀。失通灵，得通灵底必要，高氏自己曾经说明，不劳我们底悬揣。我们看：

> "此玉早已离世：一为避祸，二为撮合。从此凤缘一了，形质归一。……"（第一百二十回）

所谓避祸，当然是指查抄；但查抄未必有碍于这块玉，何必避呢？这实在不甚可解。至于所谓"撮合"的是什么，却极易明了，即所谓金玉之缘。我们试想，如黛玉竟死，宝玉应作何光景？是否能平安地娶了宝钗？这个答案，也不必自己瞎猜；只看紫鹃诓宝玉，黛玉要回家去，宝玉是什么光景的？（第五十七回）此外宝玉和黛玉誓同生死的话，在八十回中屡见。宝玉曾告诉紫鹃一句打趸的话，我们不妨征引一下：

> "活着，咱们一处活着；不活着，咱们一处化灰，化烟，如何？"（第五十七回）

我们既不能承认，宝玉是薄情，打谎语的人；那么，怎样能使金玉团圆？宝玉对于宝钗原非毫无情愫，但黛玉一死，宝玉决不能再平安度日，如何再能结合数年的夫妇？这个实际上的困难，在行文时候，必然要碰到的。既然碰到了，就不能不想个解决的方法。高氏想的方法，便是失玉。

"失玉"是不是好的方法，是另一件事。但我们却不能不承认，这是方法之一。而且，《红楼梦》原作者似乎也想用这方法，在后三十回里，我曾考出有"误窃玉""凤姐拾玉""甄宝玉送玉"这些事。至于那本上究竟是怎样的写法，我们不知道。像高本写失玉，却实在是个奇谈。

高氏所以写失玉，因为不如此金玉不能团圆；所以写送玉，因为不如此宝玉不能出家。"宝玉出家"和"宝钗出闺"，这是续作里底两件大事，而以失玉、送玉为关键。不明白这个缘故，轻易来批评高氏补书底不小心；这也不能使他心服的。

至于我所以不满意于他的，却并不在为什么要如此，只在怎样地这个问题上面。第九十四回写失玉这个光景，实在人情之外，且亦在文情之外。真成所谓"来无迹，去无踪"了。（第九十五回，妙玉扶乱语。）我们不得不承认这是高氏底失败。我也明知道，要把"失玉""送玉"，写得十分的入情入理，是很困难的。

即宝钗嫁时，凤姐设奇谋，也无非是要度过这个困难，使他俩得以成婚，一方又可以速黛玉之死，使文字格外紧凑些。以外并无别的深意可说，在八十回中，也并没有什么依据可寻。总之，高鹗补这几回，要如此写法，完全为结束宝黛两人底公案，使不妨碍金玉姻缘，我们可以原谅他。但他底大病，并不在凭空杜撰，却在文笔拙劣、情事荒唐这两点上。这个毛病，在四十回中几乎处处流露，也不仅仅在这两三回内。即完全有依据的，也依然不能藏拙啊。

但是高氏无缘无故的杜撰文字，在四十回内却也未始没有，这我们更不能为他强辩。即如宝玉中举，虽我替他勉强找了几条根据，其实依然薄弱得很，高氏岂能借这个来遮羞？我们试看关于宝玉中举的文字有多少回？

第八十一回——奉严词两番入家塾。

第八十二回——老学究讲义警顽心。

第八十四回——试文字宝玉始提亲。

第八十八回——博庭欢宝玉赞孤儿。

第一百十八回——警谜语妻妾谏痴人。

第一百十九回——中乡魁宝玉却尘缘。

一共书只四十回，说宝玉做举业的，倒占了二十分之三。这真是不知其命意所在？如稍为看仔细一点，宝玉实无中举底必要；即使高氏要写他高魁乡榜，也不必写得如此累赘。高氏此等地方，可谓愚且迂了。

还有一节，也是无缘无故的文字。第八十九回，"蛇影杯弓颦卿绝粒"。写黛玉忽然快死了，忽然又好了，这算怎么一回事呢？"失玉送玉"还有可说的，至于这两回中写黛玉，简直令人莫名其妙。上一回生病，下一回大好了；非但八十回中没有这类荒唐的暗示，且文情文局，又如何可通？说要借此催定金玉姻缘，也大可不必。什么事情不可以引起钗玉姻事，定要把黛玉耍得忽好忽歹？况且到第九十四回，黛玉已完全无病，尤其不合情理。黛玉底病，应写得渐转渐深。怎么能忽来忽去呢？在这一点上，高氏非但卤莽，而且愚拙。

大观园诸人底结局，高氏大都依据八十回中底话补出。只有香菱传补得最谬，且完全与作者底意思相反。第五回册子上本有明文，高氏似乎不曾看见，最不可解。且第八十回暗示香菱被金桂折磨死，亦不为不明显，高鹗何至于铸了大错呢①。

---

① 高氏写香菱不死，后来扶正，这个大错误，现在看来也出于第六十三回，香菱抽着的诗签，是"连理枝头花正开"。但却又误解了。我们应当注意这"正"字底意义。

我这节文字底目的，原要考定高鹗续书底依据，并不是要指斥他底过失。只因四十回中也有许多无根之谈也顺笔叙出，所以不免说了些题外的话。其实，关于高作优劣底批评，应当留作下一篇讲，不是本篇底事。本篇底大意，只是要说明颉刚这句话："后四十回的事情，在前八十回都能找到他的线索。"虽然这"都能"两字也得打些折扣才对。

后四十回底批评

高鹗续书底依据是什么？我在上篇已约略叙明了，现在再去评判续作四十回底优劣。我在上篇已说过，文章底好坏，本身上的，并不以有依据或者没有依据为标准。所以上篇所叙高氏依据什么补什么，至多只可以称赞他下笔时如何审慎，对于作者如何尊重，却并不能因此颂扬四十回有文学底声价。本篇底目的，是专要评判后四十回本身上的优劣，而不管他是有依据与否。本来这是明白的两件事，不能混为一谈。

但我为什么不惮烦劳，要去批评后四十回呢？这因为自从百二十回本通行以来，读者们心目中总觉得这是一部整书，仿佛出于一人之手。即使现在我们已考定有高氏续书这件事情，也不容易打破读者思想上底习惯。我写这篇文字，想努力去显明高作底真相，使读者恍然于这决是另一人底笔墨了。在批评底时候，如高作是单行的，本没有一定拿原作来比较的必要；

只因高作一向和原本混合，所以有些地方，不能不两两参照，使大家了解优劣所在，也就是同异所在。试想一部书如何会首尾有异同呢？读者们于是被迫着去承认确有高氏续书这件事情。这就是我写这篇文字底目的了。

而且批评原是主观性的，所谓"仁者见仁，智者见智"。两三个人底意见尚且不会相同，更不要说更多的人。因为这个困难，有许多地方不能不以原书为凭借；好在高氏底著作，他自己既合之于《红楼梦》中，我们用八十回来攻四十回，也可以勉强算得"以子之矛攻子之盾"了。我想，以前评《红楼梦》的人，不知凡几，所以没有什么成绩可言，正因为他们底说话全是任意的，无标准的，是些循环反复的游谈。

我在未说正文以前，先提出我底标准是什么？高作四十回书既是一种小说，就得受两种拘束：（1）所叙述的，有情理吗？（2）所叙述的，能深切的感动我们吗？如两个答案都是否定的，这当然，批评的断语也在否定这一方面了。本来这两标准，只是两层，不是两个；世上原少有非情理的事，却会感人很深的。在另一方面想，高作是续《红楼梦》而作的，并非独立的小说；所以又得另受一种拘束，就是"和八十回底风格相类似吗？所叙述的前后相应合吗？"这个标准，虽是辅助的，没有上说的这般重要，却也可以帮助我们评判，使我们底断语，更有力量。因为前八十回，大体上实在是很合情理，很能感人的；所以这两类标准，在实用上并没有什么明确的界限。

我们要去批评后四十回，应该扫尽一切的成见，然后去下笔。前人底评语，至多只可作为参考之用。现在最通行的评语是王雪香底，既附刻在通行本子上，又有单行本。因王氏毫无高鹗续书这个观念，所以对于后四十回，也和前八十回有同样的颂赞，且说得异常可笑，即偶然有可取之处，也极微细，不足深数。

我们试看，后四十回中较有精采，可以仿佛原作的，是那几节文字？依我底眼光是：

第八十一回，四美钓鱼一节。

第八十七回，双玉听琴一节。

第八十九回，宝玉作词祭晴雯，及见黛玉一节。

第九十、九十一回，宝蟾送酒一节。

第一百九回，五儿承错爱一节。

第一百十三回，宝玉和紫鹃谈话一节。

虽风格情事，稍近原作；但除宝蟾送酒一节以外都是从模仿来的。前八十回只写盛时，直到七十回后方才露些衰败之兆，但终究也说得不甚明白。所以高氏可以模仿的极少，因为无从去模仿，于是做得乱七八糟了。我们把所举的几条较有精采的一看，就知道是全以八十回做粉本，并非高氏自己一个人底手笔。所以能较好，正因为这些事情较近于原作所曾经说过的，故较有把握。我们归纳起来说一句话，就是：

　　凡高作较有精采之处，是用原作中相仿佛的事情做蓝本的；反之，凡没有蓝本可临摹的，都没有精采。

　　这第二句断语，尚须在下边陆续证明。这第一句话，依我底判断看，的确是如此的，不知读者觉得怎么样？王雪香在评语里，几乎说得后四十回，没有一回不是神妙难言的。这种嗜好，真是"味在酸咸之外"了。

　　我现在更要进一步去指斥高作底弊病。如一回一节的分论，则未免太琐碎了。我先把四十回内最大的毛病，直说一下。

　　（1）宝玉修举业，中第七名举人。（第八十一、第八十二、第八十四、第八十八、第一百十八、第一百十九回）

高鹗费了九牛二虎之力，写了六回书，去叙述这件事，却铸了一个大错。何以呢？（1）宝玉向来骂这些谈经济文章的人是"禄蠹"，怎么会自己学着去做禄蠹？又怎么能以极短之时期，成就举业，高魁乡榜？说他是奇才，亦没有什么趣味。（2）宝玉高发了，使我们觉得他终于做了举人老爷，更有何风趣？（3）雪芹明说："一技无成，半生潦倒"，"风尘碌碌"，"独自己无才不得入选"等语，难道他也和那些滥俗的小说家一般见识，因自己底落薄，写书中人大阔特阔，以作解嘲吗？既决不是的，那么，高氏补这件事，违反了作者底原意。

在我底三标准下，这件事没有一点可以容合的；所以我断定这是高鹗底不知妄作，不应当和《红楼梦》八十回相混合。王雪香是盲目赞成高作的，但他也说："宝玉诗词联对灯谜俱已做过，惟八股未曾讲究……"（第八十四回，评）王氏因为不知后四十回是高氏底手笔，所以不敢非议，但他也似乎有些觉得，宝玉做八股，实在是破天荒的奇事。他还有一节奇妙的话："宝玉厌薄八股，却有意思博取功名，不得不借作梯阶。"（第八十二回，评）这真是对于宝玉大大不敬。他何以知道他想博得功名？且既肯博取功名，何以厌薄八股？这些都是万讲不通的。王氏因努力为高鹗作辩护士，所以说了这类奇谈。

高鹗为什么做这件蠢事呢？这实在因他底性格与曹氏不同，决不能勉强的。看高氏自己说："又复稍示神灵，高魁贵子，方显得此玉是天奇地灵煅炼之宝，非凡间可比。"（第一百二十回，甄士隐语）这真是很老实的供招。高鹗总觉得玉既名通灵，决不能不稍示神通，而世间最重要的便是"高魁乡榜"。若不然，岂不是辜负了这块通灵玉？他仿佛说，如宝玉连个举人也中不上，还有什么可宝的在呢？这并不是我故意挖苦高氏，他的确以为如此的。"只有这一入场，用心作了文章，好好的中个举人出来……便是儿子一辈子的事也完了！"（第一百十九回，宝玉语）他明明说道，只要中一个举人，一辈子的事就完了。他把这样的胸襟，来读《红楼梦》，来写贾宝玉，安得不糟！

（2）宝玉仙去，封文妙真人。（第一百二十回）

高氏写宝玉出家以后只有一段。"贾政……忽见船头上微微的雪影里面一个人，光着头，赤着脚，身上披了一领大红猩猩毡的斗篷，向贾政倒身下拜。……却是宝玉……只见船头来了一僧一道，夹住宝玉……飘然登岸而去。"后来贾政来追赶他们，只听他们作歌而去，倏然不见，只有一片白茫茫的旷野

了。贾政还朝陛见，奏对宝玉之事，皇上赏了个文妙真人的号。（第一百二十回）

这类写法，实不在情理之中。原作者写甄士隐虽随双真而去，也是"神龙见首不见尾"，却还没有这么样的神秘。被他这样一写，宝玉简直是肉身成圣的了，岂不是奇谈？况且第一百十九回，虚写宝玉丢了，已很圆满；何必再画蛇添足，写得如此奇奇怪怪？高鹗所以要如此写，想是要带顾一僧一道，与第一回、第二十五回相呼应。但呼应之法亦甚多，何必定作此呆笨之笔？所以依事实论，是不近情理；依风裁论，是画蛇添足。至于写受封真人之号，依然又是一种名利思想底表现。高鹗一方面羡慕白日飞升，一方面又羡慕金章紫绶；这真是封建时期士大夫底代表心理了。王雪香批评这一节文字，恭维他是"良工心苦"，想也是和高鹗有同样的羡慕。高鹗还有一点跟曹雪芹全相反的。宝玉做了和尚，皇上却不封他禅师，偏封他文妙真人，他是由释归道；雪芹却说空空道人改名情僧，道士又变为和尚。两两对比，非常奇怪。

（3）贾政袭荣府世职，后来孙辈兰桂齐芳。贾珍仍袭宁府三等世职。所抄的家产全发还。贾赦亦遇赦而归。（第一百七、第一百十九、第一百二十回）

这也是高氏利禄熏心底表示。贾赦贾珍无恶不作，岂能仍旧安富尊荣？贾氏自盛而衰，何得家产无恙？这是违反第一个标准了。以文情论，风月宝鉴宜看反面，（第十二回。《红楼梦》亦名《风月宝鉴》）应当曲终奏雅，使人猛省作回头想，怎么能写富贵荣华绵绵不绝？这是不合第二标准。以原书底意旨论，宝玉终于贫穷，（第一、第五回）贾氏运终数尽，梦醒南柯，（第五、第二十九回）自杀自灭，一败涂地，（第七十四回）怎么能"沐天恩""延世泽"呢？这不合第三个标准了。只有贾兰一支后来得享富贵，尚合作者之意；以外这些，无非是向壁虚造之谈。王雪香对于这点，似乎不甚满意，所以说："甄士隐说'福善祸淫兰桂齐芳'，是文后余波，助人为善之意，不必认作真事。"（第一百二十回，评）这明明是不敢开罪高鹗——其实王氏并不知道——强为饰词了。既已写了，为什么独这一节不必认作真事呢？

（4）怡红院海棠忽在冬天开花，通灵玉不见了。（第九十四回）

（5）凤姐夜到大观园，见秦可卿之魂。（第一百一回）

（6）凤姐在散花寺拈签，得"衣锦还乡"之签。（同

上回）

（7）贾雨村再遇甄士隐，茅庵火烧了，士隐不见。（第一百三、一百四回）

（8）宝玉到潇湘馆听见鬼哭。（第一百八回）

（9）鸳鸯上吊时，又见秦氏之魂。（第一百十一回）

（10）赵姨娘临死时，鬼附其身，死赴阴司受罪。（第一百十二回）

（11）凤姐临死时，要船要轿，说要上金陵归入册子去。（第一百十四回）

（12）和尚把玉送回来。宝玉魂跟着和尚到了"真如福地"，重阅册子，又去参见了潇湘妃子，碰着多多少少的鬼，幸亏和尚拿了镜子，奉了元妃娘娘旨意把他救出。（第一百十五、一百十六回）

（13）宝玉跟着僧道成仙去。（第一百二十回）

这十条都是高氏补的。读者试看，他写些什么？我们只有用原书底话，"倏尔神鬼乱出，忽又妖魔毕露"来批评他。这类弄鬼装妖的空气，布满于四十回中间，令人不能卒读。而且文笔之拙劣可笑，更属不堪之至。第一百十六回文字尤惹人作呕。且上边所举，只是些最不堪的，以外这类鬼怪文字还多呢。（如第九十五回，妙玉请拐仙扶乩；第一百二回，贾蓉请毛半仙占卦，贾赦请法师拿妖。）读者试看，前八十回笔墨何等洁净。即如第一回、第五回、第二十五回，偶写神仙梦幻，也只略点虚说而止，决不如高鹗这样的活见鬼。第十二回，写跛足道人与风月宝鉴，是有寓意的。第十六回，写都判小鬼，是一节滑稽文字。这些都不是高氏所能借口的。且高作之谬，还在其次，因为谬处可以实在指出；最大的毛病是"文拙思俗"，拙是不可说的，俗是不可医的。

古人说得好，"读其书想见其为人"。我们读高本四十回，也真可以想见高氏底为人了。他所信仰的，归纳起来有这三点：（1）功名富贵的偶像，所以写"中举人"，"复世职"，"发还家产"，"后嗣昌盛"。（2）神鬼仙佛的偶像，所以四十回中布满这些妖气。（3）名教底偶像，所以宝玉临行时必哭拜王夫人，既出家后，必在雪地中拜贾政。况且他在序言上批评《红楼梦》，不说什么别的，只因"尚不谬于名教"，所以"欣然拜诺"。啊！我们知道了！高鹗所赏识的，只是不谬于名教的《红楼梦》！其实《红楼梦》谬于名教之处很多，高氏何必为此谬赞呢。

（14）宝钗以手段笼络宝玉，始成夫妇之好。（第

一百〇九回）

高氏写此节之意，想是为后文宝钗有子作张本。（**王雪香也如此说**）但宝钗怀孕，何必定在前文明点？即使要写明，又何必写宝钗如此不堪，弄什么"移花接木"之计？以平日宝钗之端凝，此事更为情理所必无。雪芹原意要使闺阁昭传，像他这样写法，简直是污蔑闺阁了。这对于我所假设的三个标准，处处违谬，高氏将何以自解？我常常戏说，大观园中人死在八十回中的都是大有福分。如晴雯临死时，写得何等凄怆缠绵，令人掩卷不忍卒读；秦氏死得何等闪烁，令人疑虑猜详；尤二姐之死惨；尤三姐之死烈；金钏之死，惨而且烈。这些结局，真是圆满之至，无可遗憾，真可谓狮子搏兔一笔不苟的。在八十回中未死的人，便大大倒霉了，在后四十回中，被高氏写得牛鬼蛇神不堪之至。即如黛玉之死，也是不脱窠臼，一味肉麻而已。宝钗嫁后，也成为一个庸劣的旧式妇人。钗黛尚且如此，其余诸人更不消说得了。

（15）黛玉赞美八股文字，以为学举业取功名是清贵的事情。（第八十二回）

红楼梦研究

这也是高氏性格底表现。原文实在太可笑了，现在节引如下：“黛玉道：‘……内中也有近情近理的，也有清微淡远的……也觉得好，不可一概抹倒。况且你要取功名，这个也清贵些。’宝玉……觉得不甚入耳；因想：‘他从来不是这样的人，怎么也这样势欲熏心起来？’……只在鼻子眼里笑了一声。”这节文字，谬处且不止一点。（1）黛玉为什么平白地势欲熏心起来？（2）黛玉何以敢武断宝玉要取功名？在八十回中，黛玉几时说过这样的话？（3）以宝黛二人底知心恩爱，怎么会黛玉说话，而宝玉竟觉得不甚入耳，在鼻子眼里笑了一声？在八十回中曾否有过这种光景？（4）宝玉既如此轻蔑黛玉，何以黛玉竟能忍受？何以黛玉在百二十回中，前倨后恭到如此？

这些疑问，有为高氏作辩护的人是必须解答的。如有人以为《红楼梦》原有百二十回的，也必须代答一下才行。如不能答，便是高鹗勉强续书底证据，便是百二十回不出于一手底证据。

至于反面的凭据，在八十回中却多极了。宝玉上学时，黛玉以“蟾宫折桂”作讥讽。（第九回）宝玉说：“林姑娘从来说过这些混账话不曾？”（第三十二回）宝黛平常说的话，真是所谓“竟比自己肺腑中掏出来的还觉恳切”，怎么到了第八十二回，竟会不甚入耳起来？这岂不是大笑话？以外八十回中写宝黛口角，无非是薄物细故，宝玉从来没有当真开罪黛玉的时候；怎么在这回中，竟以轻藐冷淡的神情，形之于辞色呢？在这些地方，虽为高鹗，也无从辩解的。

而且我更不懂，高氏写这段文字底意旨所在。上边所批评的各节，虽然荒谬，还有可以原谅之处；这节却绝对的没有了。他实在可以不必如此写的，而偏要如此写法，这真有点令人莫测。即王雪香向来处处颂赞他的，也说不出道理来。他只说："作者借宝黛两人口中俱为道破。"为什么要借两人口中？有什么要道破？这依然是莫名其妙的话。

（16）黛玉底心事，写得太显露过火了，一点不含蓄深厚，使人只觉得肉麻讨厌，没有悲恻怜悯的情怀。（第八十二、第八十三、第八十九、第九十、第九十五、第九十六、第九十七、第九十八回）

这是我主观上的批评，不为定论。我想同时或者有人以为高氏补这几回书是很好的罢。现在姑且引几条太显露的，我以为劣的，如下：

看宝玉的光景，心里虽没别人，但是老太太，舅母，又不见有半点意思；深恨父母在时，何不早定了这头婚姻。又转念一想道："倘若父母在别处定了婚姻，怎能够依宝玉这般人才心地？不如此时尚有可图。""好！宝玉！我今日才知道你是个无情无义的人了！""好哥哥！你叫我跟了谁去！"（均见第八十二回）

黛玉大叫一声道："这里住不得了！"一手指着窗外，两眼反插上去。（第八十三回）

"宝玉近来说话，半吐半吞，忽冷忽热，也不知他是什么意思？"（第八十九回）

"或者因我之事，拆散了他们的金玉也未可知？"（第九十五回）

"宝玉！宝玉！你好！……"（第九十八回）

这些都太过露，全失黛玉平时的性情。第八十三回所写，尤不成话。第八十二回写黛玉做梦，第八十九回写她绝粒，都是毫无风趣的文字。且黛玉底病，忽好忽歹，太远情理。如第九十二回，黛玉已"残喘微延"，第九十四回又能到怡红院去赏花；虽说是心病可以用心药治，但决不能变换得如此的神速。且这节文字，在文情上，似乎是个赘瘤。高氏或者故意以此为曲折，但做得实在太不高明，只觉得麻烦而且讨厌。至于

第九十五回，黛玉以拆散金玉为乐事。这样的幸灾乐祸，毫不替宝玉着急，真是毫无心肝，又岂成为黛玉？写她临死一节文字，远逊于第七十七回之写晴雯，只用极拙极露的话头来敷衍了结，这也不能使读者满意。总之，以高鹗底笨笔，来写八面玲珑的林黛玉，于是无处不失败。补书原是件难事，高氏不能知难而退，反想勉为其难，真太不自量了。

（17）后来贾氏诸人对于黛玉，似大嫌冷酷了，尤以贾母为甚。（第八十二、第九十六、第九十七、第九十八回）

这也是高作不合情理之处。第八十二回，黛玉梦中见众人冷笑而去；贾母呆着笑，"这个不干我事。"第九十六回，写凤姐设谋，贾母道："别的事，都好说！林丫头倒没有什么。"第九十七回，鸳鸯测度贾母近日疼黛玉的心差了些，不见黛玉的信儿，也不大提起。又说：黛玉见贾府中上下人等都不过来，连一个问的人都没有。又说：紫鹃想道，"这些人怎么竟这样狠毒冷淡？"第九十八回，王夫人也不免哭了一场；贾母说："是我弄坏了他了！但只是这个丫头也傻气。"

这几节已足够供我们批评的材料。贾氏诸人对于黛玉这样

　　　　　　　　　　　　　红楼梦研究

冷酷，文情似非必要，情理还有可通。至于贾母是黛玉底亲外祖母，到她临死之时，还如此的没心肝，真是出乎情理之外。八十回中虽有时写贾母较喜宝钗，但对于黛玉仍十分钟爱、郑重，空气全不和这几回相似。像高氏所补，贾母简直是铁石心肠，到临尸一恸的时候，还要责备她傻气，这成什么文理呢！所以高氏写这一点，全不合三标准。况且即以四十回而论，亦大可不必作此等文字。高氏或者要写黛玉结局分外可怜些，也未可知。但这类情理所无的事情，决不易引动读者深切的怜悯。高氏未免求深反惑了！

（18）凤姐不识字。（第九十二回）

这是和八十回前后不相接合的。我引八十回中文字两条为证：

> 凤姐会吟诗，有"一夜北风紧"之句。（第五十回）
> "凤姐……每每看帖看账：也颇识得几个字了。"后来看了潘又安底信，念给婆子们听。（第七十四回）

这是凤姐识字底铁证，怎么在第九十二回里，说凤姐不认得字呢？这虽是与文情无关碍，但却与前八十回前言不接后语，亦不得不说是文章之病。

（19）凤姐得"衣锦还乡"之签，后来病死了。（第
一百一、第一百十四回）

这不但是与八十回不合，即在四十回中已说不过去了。她求的
签是："……于今衣锦返家园。"后来宝钗说："这'衣锦还
乡'四字里头还有原故……"这似乎在后文应当有明确的照
应，方合情理。那知道凤姐后来竟是胡言乱语的病死了，临死
的时候，只嚷到金陵去。至于"衣锦"两字，并无照应。说是
魂返金陵，那里有锦可衣？魂能衣锦或否，高氏又何从知道？
说是尸返金陵，则衣锦作为殓衣释，也实在杀风景得很。况且
书中既说，贾氏是金陵人氏，则归葬故乡情事之常，又何独凤
姐？又何必求签方才知道呢？高氏所作不合前八十回，还可以
说两人笔墨不能尽同。至于四十回中底脱枝失节，则无论如
何，高氏无所逃罪。况且相去只十四回，高鹗虽健忘也不至
此。我想，与其说高鹗底矛盾，不如说高鹗底迂谬。程伟元说
他是"闲且惫矣"，真是一点不错。他如不闲，怎么会来续
书？他如不惫，怎么会续得如此之乱七八糟呢？

（20）巧姐年纪，忽大忽小。（第八十四、第八十八、第九十二、第一百一、第一百十七回）

这也是全在四十回中的，是高作最奇谬的一节文字，我们不能不详细说一说，先把这几回文字约举如下：

（甲）奶子抱着巧姐儿，用桃红绫子小绵被儿裹着，脸皮发青，眉梢鼻翅微有动意。（第八十四回）

这明是婴儿患病将抽筋底光景，看这里所说，她至多不得过两三岁。

（乙）那巧姐儿在凤姐身边学舌，见了贾芸，便哑的一声哭了。（第八十八回）

小儿学舌也总不过三岁，且见生人便哭，也明白是婴儿底神情。

（丙）巧姐跟着李妈认了几年字，已有三千多字，且念了一本《女孝经》，又上了《列女传》。宝玉对她讲说，引了许多古人，如文王后妃、姜后、无盐、曹大家、班婕妤、蔡文姬等；共二十二人。巧姐说：这些也有念过的，也有没念过的，现在我更知道了好些。后来她又说，跟着刘妈学做针线，已会扎花儿，拉锁子了。（第九十二回）

即以天资最聪明的而论，这个光景至少已是七八岁了，况且书上明说已认了几年字，又会做精细的活计，决非五六三四岁的孩子可知。且巧姐言语极有条理，且很能知道慕贤良，当然年纪也不小了。即小说以夸张为常例，亦总不过七八岁。在实际上，七八岁的孩子，能如此聪明是百不见一的。算她仅七八岁，已是就小说论，不是以事实看。但这个假设，依然在四十回中讲不过去。巧姐万不能如此飞长，像钱塘江潮水一样。第九十二回距第八十八回只有四回，在四回之中，巧姐怎么会暴长起来？不可解一。从第七十一回到第一百十回，总共不过三年；（第七十一回，贾母庆八旬，第一百十回贾母卒，年八十二岁。）而巧姐已在四回之中过了几年，——至少亦有三年，因两年不得说几年——这光阴如何能安插得下？三十九回中首尾三年，四回中亦是三年；则其余的三十五回，岂不是几乎不占有时间的，这如何能够想像？不可解二。

但这还可以疏忽作推诿，小说原是荒唐言，大可不必如此凿方眼；上边所论，不过博一笑而已，未必能根本打消高作底声价，只是笑话却并不以此为止，这却令我们难乎为高鹗辩解。

（丁）巧姐儿哭了，李妈狠命的拍了几下，向孩子身上拧了一把。那孩子哇的一声，大哭起来了。（第一百一回）

巧姐被拧，连话都不说，只有大哭的一法，看这个光景她不过三岁，至多亦以四岁为限。若在四岁以上，决不至于被拧之后连话都不说的；况且如巧姐能说话，婆子亦决不敢平白地拧她一把。可见其时，巧姐确是不会说话的，至多也不过会学舌。既然如此，请看上文慕贤良之事，应作何解释？念书，认字，做针线的孩子，过了些时候（九回书），反只会啼哭，连话都不会说了。这算怎么一回事？孩子长大了，重新还原。这算怎么一回事？长得奇，缩得更奇；长得快，缩得更快。这又算怎么一回事？巧姐长得太快，还可以粗忽来推诿。至于长了又缩小，这无论何人，不能赞一词的，而竟没有人批评过。评《红楼梦》的人如此之多，这样的怪事，偏不以为怪。王雪香只以巧姐长得太快为欠妥，其实何止欠妥而已，简直是不通。

（戊）巧姐儿年纪也有十三四岁了。（第一百十七回）

十六回以后，她又飞长了。说这十六回书，有十年的工夫，这无论如何是不可信的。（我们知道，前八十回，只有首尾九年。）既不可信，她底生长，又成了一种奇迹。巧姐长了又缩，缩了又长，简直像个妖怪，不知高氏是什么意思？十二钗惟巧姐年最小，所以八十回中绝少提及，只写了些刘姥姥底事情，终非巧姐传底正文。后四十回中被高氏如此一续，巧姐真可谓倒霉之至，至于高鹗为什么写她底事情如此神怪，其原因很难懂；大约他本没有注意到这些地方，只是随意下笔。慕贤良一回专为巧姐作传，拿来配齐十二钗之数，所以勉强拼凑些事情，总要写得漂亮一点，方可以遮盖门面，他却忘了四回以前所写的巧姐是什么光景的。于是她就暴长了一下。后来凤姐病深，高氏要写巧姐年幼，孤露可怜，以形凤姐结局底悲惨。于是她就暴缩一下。到书末巧姐要出嫁，却不能不说她是十三四岁；因为这已是最小的年龄。于是她又暴长了。高氏始终没有注意她底年龄，所以才闹了这么一个大笑话。

巧姐慕贤良一回，还有一点谬处，就是所描写的绝不是宝玉。宝玉向来不肯作这类迂谈的，在这儿却凭空讲了无数的名教中人，贞烈贤孝的妇女，给巧姐听。这真是不谬于名教的《红楼梦》，高氏可以踌躇满志了。但宝玉为人却顿成两橛，未免说不过去。后四十回写宝玉，竟是个势利名教中人；只于书末撒手一走，不知所终，这是非常可怪的。不但四十回中的宝玉不和八十回的他相似，即四十回中，宝玉前后很像两个人，并与失玉送玉无关，令人无从为他解释。高氏对于书中人物底性情都没有一个概括的观念，只是随笔敷衍，所以往往写得不知所云，亦不但宝玉一人。不过宝玉为书中主人，性格尤难描画，高氏更没处去藏拙罢了。

上列二十条，是四十回中最显著的毛病；以外不重要的地方可笑之处自然还多。如香菱之痼疾，没有提起，自然地痊愈了；以平儿底精细，连水月庵馒头庵都分不清楚，害凤姐吐血；（程甲本第九十三回）以紫鹃底秀慧，而写她睡着的鼻息远听吖呼声儿；（第八十二回）小红和贾芸有恋爱关系，后来竟了无照应，她只和丰儿做了个凤姐底随身小婢，毫不占重要的位置；麝月抽了荼蘼花签，却并无送春之事；以外零零碎碎的小毛病——脱枝失节，情理可笑的自然还有，只是一时不能备举，且与大体无关，亦可以不必备举了。

高作底分评，已如上所说了。但我们要更综合地批评一下，这方才尽这篇文字底责任。我以前给颉刚的信曾起诉高氏有五条，都是零碎的，而颉刚却归纳成为三项。我底五条是：（1）宝玉不得入学中举。（2）黛玉不得劝宝玉读时文。（3）宝钗嫁后，不应如此不堪。（4）凤姐宝钗写得太毒，且凤姐对于黛玉，无害死她的必要。（5）宝玉出家不得写得如此神奇。（一九二一，六，十八，信。）

颉刚回信上说："你起诉高鹗的五条，我都不能为他作辩护。我以为他犯的毛病归纳起来有三项：（1）他自己是科举中人，所以满怀是科举观念，必使宝玉读书中举。（2）他也中了通常小说'由邪归正'的毒，必使宝玉到后来换成一个人。（3）他又中了批小说者'诛心'的成见，必使凤姐、宝钗辈实为奸恶人。我疑心在他续作时，或已有批本，他也不免受批评人的暗示。"①（一九二一，六，二十四，信。）

颉刚所归纳的三条，我以为理由充足，无再申说底必要。我们现在要进一步去讨论高鹗续书底目的，和他底性格与作者底比较；下了这样的批评，方才能彻底估定后四十回底价值。我们真要了解一种作品，非先知道他底背景不可，专就作品本身着眼，总是肤浅的，片面的，不公平的。

---

① 《红楼梦》八十回始流行，即带评注，其时作者非但健在，而且不到三十岁。乾隆甲戌年（一七五四）脂砚斋已是再评，则初评当尚在其前。颉刚猜高鹗看见过批本，完全对，不过"脂评"恰正和后来百二十回本诸评相反，很赞美宝钗、袭人，甚至过于赞美，并无诛心之论。

我们第一要知道，高鹗只是为雪芹补苴完功，使此书"颠末毕具"，他并没有做《红楼梦》底兴趣，且也没有真正创作《红楼梦》底可能。我给颉刚的信上说：

因为雪芹是亲见亲闻，自然娓娓言之，不嫌其多；兰墅是追迹前人，自然只能举其大概了结全书。若把兰墅底亲见亲闻都夹杂写了进去，岂不成了一部"四不像"的《红楼梦》！（一九二一，六，十八，信。）

这是说明高氏补书这般草率仓忙的缘故。因他不比曹雪芹，他胸中没有活现的贾宝玉、十二钗，所以不容得他不草率仓忙。这不算高氏底大过失。

以我底眼光看，四十回只写了主要的三件事，第三项还是零零碎碎的，其实最主要的只有两项。

（1）黛玉死，宝玉做和尚。

（2）宝玉中举人。

（3）诸人底结局，很草率的结局。

第三项汇聚拢来可算一项，若分开来看，却算不了什么。因为向来的观念，无论写什么总是"有头有尾"才算完结；所以高氏只得勉强将书中人底结局点明一下。至于账簿式的结局，那也不在他底顾虑中了。

所以四十回主要的只写了（1）（2）两项，而第二项是完全错了的。我们可用这个来估定高作底价值。我这归纳的结果，是可以实证而非臆想的。试把各回分配于各项之下：

（1）第八十二回，病潇湘痴魂惊恶梦。

第八十三回，上半节写黛玉之病深。

第八十四回，试文字宝玉始提亲。

第八十五回，唱的戏是《冥升》和《达摩渡江》。

第八十七回，黛玉弹琴而弦忽断。

第八十九回，蛇影杯弓颦卿绝粒。

第九十一回，宝黛谈禅；黛说"水止珠沈"，宝说"有如三宝"。

第九十六回，瞒消息凤姐设奇谋，泄机关颦儿迷本性。

第九十七回，黛玉焚稿。

第九十八回，黛玉卒。

第一百四回，宝玉追念黛玉。

第一百八回，死缠绵潇湘闻鬼哭。

第一百十五回，和尚送通灵玉。

第一百十六回，得通灵幻境悟仙缘。

第一百十七回，阻超凡佳人双护玉。

第一百十八回，警谜语妻妾谏痴人。

第一百十九回，宝玉却尘缘。

（2）所引各回，已见《高鹗续书底依据》一篇中，共有六回。

（1）项最多占了十七回。（2）项也占了六回。单是这两项已占全书之半数。以外便是些零碎描写、叙述，大部分可以包括在（3）项中。只有抄家一事不在其内，但高氏却不喜欢写这件事；所以在抄家之时，必请出两位王爷来优礼贾政，既抄之后又要"复世职""沐天恩"。可见高氏当时写这段文字，真是遵照前文不得已而为之，并非出于本心。他底本心，只在于使宝玉成佛做祖，功名显赫。如没有第二项宝玉中举事，那九十八回黛玉卒时，便是宝玉做和尚的时候了。他果然也因为如此了结，文情过促，且无以安插宝钗。而最大的原因，仍在宝玉没有中举。他以为一个人没有中举而去做了和尚，实在太可惋惜了。我们只看宝玉一中举后便走，高氏底心真是路人皆见了。

高氏除写十二钗还有些薄命气息，以外便都是些"福寿全归"的。最是全福算宝玉了。他写宝玉底结局，括举为三项：

（1）宝玉中第七名举人。

（2）宝玉有遗腹子，将来兰桂齐芳。

（3）宝玉超凡入圣，封文妙真人。

他竟是富贵神仙都全备了。神仙长生不老，寿考是不用说的了。高鹗写贾氏亦复如此，虽抄了家，依然富贵荣华，子孙众多，全然不脱那些小说团圆迷的窠臼，大谬于作者底本意。但我们更要去推求他致谬底原由，不能不从作者和高氏底性格底比较下手。我给颉刚一信上说：

我们还可以比较高鹗和雪芹底身世，可以晓得他们见解底根本区别。雪芹是名士，是潦倒不堪的，是痛恶科名禄利的人，所以写宝玉也如此。兰墅是热衷名利的人，是举人（将来还中进士，做御史），所以非让宝玉也和他一样的中个举人，心里总不很痛快。我们很晓得高鹗底"红学"很高明，有些地方怕比我们还高明些。但在这里，他

红楼梦研究

却为偏见拘住了，好像戴了副有颜色的眼镜，看出来天地都跟着变了颜色了。所以在那里看见了一点线索——其实是他底误认——便以为雪芹原意如此，毫无愧色的写了下去，于是开宗明义就是"两番入家塾"。雪芹把宝玉拉出学堂，送进大观园；兰墅却生生把宝玉重新送进学堂去。……（一九二一，六，九。）

在另一信上又说：

总之，弟不敢菲薄兰墅，却认定他和雪芹底性格差得太远了，不适宜于续《红楼梦》。若然他俩性格相近一点，以兰墅之谨细，或者成绩远过今作也未可知。（一九二一，六，十八。）

我是再三申说，高氏底失败，不在于"才力不及"，也不在于"不细心谨慎"，实在因两人性格嗜好底差异，而又要去强合为一，致一百二十回，成了两橛，正应古语所谓"离之双美合之两伤"。我曾有一意见，向颉刚说过：

《红楼梦》如再版，便该把四十回和前八十回分开。

后四十回可以做个附录，题明为高鹗所作。既不埋没兰墅底一番苦心和他为人底个性，也不必强替雪芹穿这一双不合式的靴子。（一九二一，六，九。）

高作底庸劣我们知道了，他底所以如此，我们却可以原谅他。总之，说高鹗不该续《红楼梦》是对的，说高鹗特别续得不好，却不见得的确；因为无论谁都不适于续《红楼梦》，不但姓高的一个人而已。

高鹗冒名顶替，是中国文人底故态恶习，我决不想强为他辩护。但影响上，高氏底僭号却不为无功，这虽非他本意所在，而我们却不得不归功于他。

《红楼梦》既没有完全，现存的八十回实在是一部分，并且还没把真意说明，所以高非补书不可。前八十回全是纷华靡丽的文字，若没有煞尾，恐怕不免引起一般无识读者底误会。他们必定说："书上并没说宝走黛死，何以见得不团圆呢？"当他们豪兴勃发的时候必定要来续狗尾，也必定要假传圣旨依附前人。《红楼梦》给他们这一续，那糟糕就百倍于现在了。他们决定要使宝玉拜相封王，黛玉夫荣妻贵，而且这种格局深投合社会底心理，必受欢迎无疑。他们决不辨谁是谁非，只一气呵成的读了下去。幸而高氏假传圣旨，将宝黛分离，一个走

红楼梦研究

了，一个死了，《红楼梦》到现在方才能保持一些悲剧的空气，不至于和那才子佳人的奇书，同流合污。这真是兰墅底大功绩，不可磨灭的功绩。即我们现在约略能揣测雪芹底原意，恐怕也不能说和高作后四十回全无关系。如没有四十回续书，而全凭我们底揣测，事倍功半定是难免的。且高氏不续，而被妄人续了下去，又把前后混为一谈，我们能有研究《红楼梦》底兴趣与否，也未始不是疑问。这样说来，高氏在《红楼梦》总不失为功多罪少的人。

妙得很啊！就事论事，宝走黛死都是高氏编造的，雪芹只有暗示，并未正式说到的，而百年来的读者都上了高氏这一个大当，虽有十二分的难受，至多也只好做什么《红楼圆梦》《鬼红楼梦》……这类怪书，至多也只能把黛玉从坟里拖出来，或者投胎换骨，再转轮回。他们决不敢再做一部"原本红楼梦"，这真是痛快极了！他们可惜不知道，原本只有八十回，而八十回中黛玉是好好的活人，原不必劳诸公底起死回生的神力。高鹗这个把戏，可谓坑人不浅。我真想不到"假传圣旨"有这样大的威权。

从这里，高氏借大帽子来吓唬人的原因，也可猜想了。我从前颇怀疑：高氏补书这一事既为当时闻人所知，他自己又不深讳，为什么非假托雪芹不可，非要说从鼓担上买来的不可？

现在却恍然有悟了。高鹗谨守作者底原意，写了四十回没有下场的，大拂人所好的文字，若公然题他底大名，必被社会上一场兜头痛骂，书亦不能传之久远；倒不如索性说是原本，使他们没处去开口的好。饶你是这样，后来还有一班糊涂虫，从百二十回续下去。这可见社会心里，容留不住悲剧的空气，到什么程度。若只有八十回本流传，其危险尤不堪设想。所以高氏底续书，本身上的好歹且不去讲他，在效用上看，实在是《红楼梦》底护法天王，万万少他不得的。我从前颇以高鹗续书假托雪芹为缺憾，现在却反而释然了。

我想不到后四十回底批评做得这样冗长，现在就把他结束，以数语作为总评。

　　高鹗以审慎的心思，比较正当的态度来续《红楼梦》；他宁失之于拘泥，不敢失之于杜撰。其所以失败：一则因《红楼梦》本非可以续补的书，二则因高鹗与曹雪芹个性相差太远，便不自觉的相违远了。处处去追寻作者，而始终赶他不上，以致迷途。至于混四十回于八十回中，就事论事，原是一种过失；就效用影响而论，也有些功德。

红楼梦研究

高本戚本大体的比较

《红楼梦》本子虽多；但除有正书局所印行的戚序本以外，都出于一个底本，就是程伟元刻的高氏本。所以各本字句虽小有差异，大体上却没有什么重要的区别，即使偶有数处，也决不多的。我虽在实际上，没有能拿各本去细细参较一下，但这个断语却至少有几分的真实。至于高本和戚本，因为当时并无关系，所以很有些不同；虽然也不十分夥多、显著，却已非高氏各本底差异可比了。这是我草这篇底缘故。

大家知道，高本是一百二十回，回目是全的；戚本只有八十回，连回目也只有八十。看戚蓼生底序上说，实在他所看见的只有八十回书。原来戚氏行辈稍前于高鹗，所以补书一事决非戚氏所知①。且他也并没有补书底志愿，戚氏在这一点

---

① 戚蓼生是浙江人（《红楼梦序》《进士题名录》并作德清人，《戚氏家谱》作余姚），清乾隆三十四年己丑（一七六九）进士，比高鹗底科名早了二十六年，距高本之成早了二十三年。即使他作《红楼梦序》在中进士以后，也还早于高鹗补书底时候，难怪他不知道有百二十回的全书了。

上，是很聪明的。他说：

> 乃或者以未窥全豹为恨，不知盛衰本是回环……作者
> 慧眼婆心，正不必再作转语……彼沾沾焉刻楮叶以求之
> 者，其与开卷而瘴者几希！（戚本序）

他知道八十回后必定是由盛而衰，以为不补下去，也可以领悟
得，不必去下转语了。他又以为抱这种"刻舟求剑"的人，是
沾沾之徒；可见不但高鹗挨骂，即我们也不免挨骂了。

　　我们既承认戚蓼生那时所见的《红楼梦》，回目本文都
只有八十之数，就不能不因此承认程伟元所说原本回目有
一百二十，是句谎话。（程语见高本程序）程氏所以说谎，
正因可以自圆其说，使人深信后四十回也是原作。其实"这
百二十回的回目只有八十是真的"，极易证明，决非程氏一语
所能遮掩得过，我在前边已论及了。

　　既如此，就较近真相这一个标准下看，戚本自胜于高本；
因为高鹗既续了后四十回，虽说"原文未敢臆改"，但既添了
这数十回，则前八十回有增损之处恐已难免。高氏原曾说明前
八十回曾经他校订，换句话说，就是经他改窜。至于改得好不
好，这又是另一问题。

但这两本底优劣区分，却又不如此简单。为什么呢？（1）高氏校书，并非全以己意为准，曾经过一番"广集各本校勘，准情酌理，补遗订讹"的工夫。且高本出后，即付排付刊，不容易辗转引起错误。（2）戚本也是个传抄的本子，而且没有经过整理的。所以不但不免错误，且也不免改窜①。

两本既互有短长，我也不便下什么判断，且也觉得没有显分高下底必要。现在只把大体上不同之处说一说，至于微细的差异，这是校勘本书人底事，不是在这里所应当注意的。我们先论两本底回目。戚本不但没有后四十回之目，即八十回之目亦每与高本不同。现在选大异的几回列表如下：

（1）第五回
　　高——贾宝玉神游太虚境，警幻仙曲演红楼梦。
　　戚——灵石迷性难解仙机，警幻多情秘垂淫训。

（2）第八回
　　高——贾宝玉奇缘识金锁，薛宝钗巧合认通灵。
　　戚——拦酒兴李奶姆讨厌，掷茶杯贾公子生嗔。

（3）第九回
　　高——训劣子李贵承申斥，嗔顽童茗烟闹书房。
　　戚——恋风流情友入家塾，起嫌疑顽童闹书堂。

---

① 有正书局印行的"戚本"大约底子是个较晚出的脂砚斋评本，不过有正老板不付影印，却付传抄，于是发生下列的情形：（1）脂本也系传抄，原有脱误。（2）改错，愈改愈错。（3）有正抄写时的错误。（4）有正主人底妄改，最显明的如第六十八回，初版大字本痕迹宛然，再版小字却抄得一清如水了。

（4）第十七回 $\begin{cases} \text{高——大观园试才题对额，荣国府归省庆元宵。} \\ \text{戚——大观园试才题对额，怡红院迷路探深幽。} \end{cases}$

（5）第二十五回 $\begin{cases} \text{高——魇魔法叔嫂逢五鬼，通灵玉蒙蔽遇双真。} \\ \text{戚——魇魔法姊弟逢五鬼，红楼梦通灵遇双真。} \end{cases}$

（6）第二十七回 $\begin{cases} \text{高——滴翠亭宝钗戏彩蝶，埋香冢黛玉泣残红。} \\ \text{戚——滴翠亭杨妃戏彩蝶，埋香冢飞燕泣残红。} \end{cases}$

（7）第三十回 $\begin{cases} \text{高——椿龄画蔷……} \\ \text{戚——龄官画蔷……} \end{cases}$

（8）第六十五回 $\begin{cases} \text{高——贾二舍偷娶尤二姨，尤三姐思嫁柳二郎。} \\ \text{戚——膏粱子惧内偷娶妾，淫奔女改行自择夫。} \end{cases}$

（9）第八十回 $\begin{cases} \text{高——美香菱屈受贪夫棒，王道士胡诌妒妇方。} \\ \text{戚——懦弱迎春肠回九曲，娇怯香菱病入膏肓。} \end{cases}$

从上表看，（1）（5）（6）三项高本文字通顺。（3）（7）均戚本佳。龄官不得说"椿龄"，李贵受斥不必列入回目。（8）可谓无甚好歹，高本较直落些而已。（4）因分回不同，故目亦不同。（2）（9）两项，不能全以回目本身下判断。

我们先说（4）项。戚本之第十七回，较高本为短，以园游既毕宝玉退出为止；所以回目上只说"怡红院迷路探深幽"。至于黛玉剪荷包一事，戚本移入第十八回去。高本之第十七回，直说到请妙玉为止，关涉元春归省之事，所以回目上说"荣国府归省庆元宵"。这两本回目所以不同，正因为分回不同之故。我们要批评回目底优劣，不如批评分回底优劣较为适当些①。

高戚两本底分回，我以为是戚本好些，理由有三：（1）从游园后宝玉退出分回，段落较为分明。（2）教演女戏，差人请妙玉，和高本第十八回开头所叙各事相类，都是作元春归省底预备，这处不得横加截断，分成两橛。（3）第十七回"荣国府归省庆元宵"，第十八回"皇恩重元妃省父母"，实在是太重复了。且在第十七回中，高本也并无庆元宵之事，回目和本文不甚符合。以这三个原因，我宁以戚本为较佳。汪原放君以为怡红院是贾妃所定的名字，不能先说，为戚本病。我却以为无甚大关系。贾政等迷路的地方是将来的怡红院，回目上先提一下有何不可？

第（2）项就回目底文字批评，高本似乎较好；就本文底事实对看，两本简直是半斤八两；就书中大意看，这就不容易说了。第八回共叙述三件事：（1）钗玉互看通灵金锁；（2）宝

---

① 据脂砚斋庚辰评本十七、十八是合回，回目"大观园试才题对额，荣国府归省庆元宵"。庚辰是曹雪芹死的前三年，我尝疑他并没有再整理过这稿，就此长逝，所以后来大家分回分不好，回目也定不妥当。

黛两人在薛姨妈处喝酒；（3）宝玉回去摔茶杯。高本之目，只说了（1）项，虽然扼要，未免偏而不全。戚本之目，包举（2）（3）两项，却遗漏了本回最重要的（1）项，亦属不合。总之，两本这一回之目，犯了同一个毛病，就是只说了一部分不能包举全体；不过高本回目较为稳妥漂亮，戚本用"贾公子"，似不合全书体例。

若就书中大意作批评，这就很不容易说了。我们试想，高戚两本，这一个回目是完全不同的，不但字面不同，意义亦绝不同，在八十回书内实为仅见。这一点上我们须得加一番考虑。我们第一要知道，这决非仅是一本传抄底歧异，是两本底区别。有正主人眉批上说："作者点明金玉，特不欲标入回目，明明道破耳。"反过来说，高本是欲明明道破的。高本第八回之目如此，明是作后文金玉成婚底张本；而戚本却不想强调这金玉姻缘，所以不欲明明道破。依我看来，戚本之回目或者是较近真的①。

我先假定八十回中本文回目，多少经过高氏底改窜，我们看高鹗底《红楼梦引言》上说：

① 两脂砚斋评本第八回之目如下：甲戌本作"薛宝钗小恙梨香院，贾宝玉大醉绛芸轩"；庚辰本作"比通灵金莺微露意，探宝钗黛玉半含酸"。或不欲道破，或微露其意，均近于戚本而远高本也。

　　　　　　　　　　　　红楼梦研究

> ……今复聚集各原本，详加校阅，改订无讹。……

这还是有依据的改正，不是臆改。但下一条又说：

> ……其间或有增损数字处，意在便于披阅，非敢争胜前人也。

这是明认他曾以己意改原本了。虽他只说增损数字，但在实际上，恐怕决不止数字。他虽说，"非敢争胜前人"；但已可见他底本子，有许多地方，为前人所未有。不然，他又何必要自解于"争胜前人"这一点？

最可笑的，他对于自己做的后四十回，反装出一副正经面孔，说什么"至其原文，未敢臆改"。他自己底大作，已经改了又改，到自以为尽善尽美了，方才付印，如何再能臆改呢？这真是高氏欺人之谈，无非想遮掩他底补缀的痕迹，无奈上文已明说后四十回无他本可考，所谓"欲盖弥彰"了①。

_____

① 我这话并不很对。程伟元高鹗在引言说，"未敢臆改"，事实上却在那边偷偷地大改而特改。据亚东图书馆民国十六年刊本，汪原放底"校读后记"，后四十回改去五九六七字，实不为不多。我们取"程甲本""乙本"第九十二回、一百五回来比较就明白了。

既承认了这个假定，那么，第八回之目，就可以推度为高氏底改笔——臆改或有依据的改。高氏为什么要如此呢？因为可以判定金玉姻缘，使他底"宝钗出闺成礼"一节文字，铁案如山，不可摇动。若原作者即有意使金玉团圆，也不必在回目中明明道破，使读者一览无余。高氏却有点做贼心虚，不得不引回目以自重了。这原是一种揣测，不能断定，不过却很有可能的罢了。

　　对于（9）项，我也有相同的批评。就第八十回目之本身而论，高本是较为妥当。即以此回本文及上回之目参看，高本也很好。戚本这一个回目有两个毛病：（1）第七十九回，既说贾迎春误嫁中山狼，这回又说"懦弱迎春肠回九曲"，未免有重复之病。（2）第八十回本文先叙香菱受屈，后叙迎春归宁诉苦，即使要列入回目，亦当先香菱而后迎春，何得颠倒？

　　但高本这回目却甚可疑，不得不说一说。王道士诌妒妇方，不过随意行文，略弄姿态，并无甚深意，无列入回目之必要。此可疑一。高氏后来写香菱，有起死回生之功，闹了一个大笑话。这里若照戚本作"香菱病入膏肓"，岂不自己打嘴巴。这显有改窜的痕迹，可疑二。但戚本这回目亦非妥善，我们也不能断定原本究竟作什么①。

　　———————————————————————————

　　① 脂砚斋庚辰本第八十回是没有回目的。可见戚高两本底都是后来他人的改笔。

在论两本子底回目以后，有一句话可以说的。我想，《红楼梦》既是未曾完稿的书，回目想是极草率的，前后重复之处原不可免。到高鹗补了后四十回，刊版流传，方才加以润饰，使成完璧。所以高本底回目，若就文字上看，实在要比戚本漂亮而又妥当；正是因为有这番修正底工夫。而戚本回目底幼稚，或者正因这个，反较近于原本。我们要搜讨《红楼梦》底真相，最先要打破"原书是尽善尽美的"这个观念，否则便不免引入歧途。即如第八十回之目，我以为原本或者竟和戚本相仿佛，亦未可知。高鹗一则因他重复颠倒，二则因不便照顾香菱底结局，于是把他改了。

　　两本回目底异同既明，我们于是进而论到两本底本文。这自然是很繁琐的，我只得略举大概，微细的地方一概从省。但即是这样论列，已是很烦重的了。

　　就本文看，第十六回尾，高本漏缺，应照戚本补的。秦钟临死时，有鬼判及小鬼底一节谈话，高本只写众小鬼抱怨都判胆怯为止，下边接一句"毕竟秦钟死活如何"，这回就算完了。到第十七回开场，秦钟却已死了，与情理未免有两层不合：（1）宝玉特意去别秦钟的，自应当有一番言语，文情方圆。（2）因宝玉来了，都判吓慌，明是下文要放秦钟还阳与宝玉一会；否则直白叙去即可，何必幻出小鬼判官另生枝节？

依高本这么说，岂不是都判见识反不如小鬼，秦钟就这般闷闷而死的，不但文情欠佳，即上下文势亦不连贯。我以为这回之末，众鬼抱怨都判以后，应照戚本补入这一节。

> 都判道："放屁！俗语说的好，天下官管天下民。阴阳并无二理，别管他阴，也别管他阳，没有错了的。"众鬼听说，只得将他魂放回；哼了一声，微开双目，见宝玉在侧，乃勉强叹道："怎么不早来？再迟一步，也不能见了！"宝玉携手垂泪道："有什么话，留下两句？"秦钟道："并无别话！以前你我见识，自为高过世人，我今日才知自误了！以后还该立志功名，以荣耀显达为是。"说毕，便长叹一声，萧然长逝了。

补了这段文字，却是妥当得多。虽然秦钟最后一语，有点近于"禄蠹"底口吻；但在当时的社会中，他临命时或不能不悔，正与第一回语相呼应。以外口吻底描写，事迹底叙述，亦都还合式，很有插入底资格。

第二十二回制灯谜，两本有好几处不同。现在分项说明：

（1）高本上惜春没有做灯谜，戚本却是有的。她底灯谜是"佛前海灯"，文曰：

红楼梦研究

前身色相总无成，不听菱歌听佛经。莫道此生沉墨海，性中自有大光明。

依我看来，三春既各有预兆终身之谜，惜春何得独无。况此谜亦甚好，应照戚本补入为是。

（2）高本中黛钗各有一谜；而戚本中黛玉无谜。高本所谓黛玉之谜，戚本以为宝钗所作；高本宝钗之谜，不见于戚本。所以——

朝罢谁携两袖烟……

这一首七律，打的是更香，高本以为是黛玉底，戚本却以为是宝钗底。

有眼无珠腹内空，荷花出水喜相逢。梧桐叶落纷离别，恩爱夫妻不到冬。

高本以为是宝钗所作的，戚本上却完全没有。这一点也很奇怪。这一谜极重要，依高本看，可以断定宝钗底终身是守寡；何以戚本独独没有？我也疑心，这是高氏添入的，专为后文作张本而设，和改第八回之目是一个道理。

（3）宝玉一谜，打的是镜子，高有戚无。依文理看，戚本是对的，应照他删去为是。因为本回下面凤姐对宝玉道："适才我忘了，为什么不当着老爷撺掇，叫你也作诗谜儿。"她既说是忘了，是明明没有撺掇贾政，叫宝玉作谜。若宝玉已做了极好的诗谜，凤姐岂能拿这个来吓唬宝玉呢？这是极容易明白，不消多说的①。

戚本虽也有好处，但可发一笑的地方，却也不少。如高本第二十五回，"贾政心中也着忙。当下众人七言八语……"文气文情都很贯串，万无脱落之理。而戚本却平白地插进一段奇文，使我们为之失笑。

> 贾政等心中也有些烦难，顾了这里，丢不了那里。别人慌张自不必讲。独有薛蟠更比诸人忙到十分了，又恐薛姨妈被人挤倒，又恐薛宝钗被人瞧见，又恐香菱被人臊皮，知道贾珍等是在女人身上做工夫的，因此忙的不堪；忽一眼瞥见了林黛玉风流婉转，已酥倒那里。当下众人七言八语。……

---

① 据脂庚本，第二十二回作者未写完而卒，戚本已是后来补缀的，高本更远了。参看下卷《八十回残缺的情形》一文。

　红楼梦研究

不但文理重沓，且把文气上下隔断不相连络。评者反说："忙中写闲，真大手眼，大章法！"这也是别有会心了。

高本第三十七回，贾芸给宝玉的信，末尾有"男芸跪书，一笑"。这是错了。书中叙贾芸写信，文理不通有之，万不会在"男芸跪书"之后，加上"一笑"一词。这算什么文法？一看戚本便恍然大悟了。戚本这一处原文作"男芸跪书一笑"，一笑是批语，不是正文，所以夹行细写。高本付刻时，因一时没有留心，将批语误入正文，从此便以误传误了。但高氏所依据的抄本，也有这批语，和戚本一样，这却是奇巧的事。

第四十二回，宝玉看宝钗为黛玉拢发，这一段痴想，高本写得极风流，戚本却写得很煞风景。我并引如下：

> 宝玉在旁看着，亦觉更好，不觉后悔；不该令他抿上鬓去，也该留着，此时叫他替他抿上去。（高本。第一及第三之他是指黛玉，第二之他指宝钗。）
>
> 宝玉……叫我替他抿去。（戚本。我是宝玉自指。）

这一个"我"字错得好利害啊！照高本看，宝玉不愧"意淫"之名；被戚本这一误，宝玉简直堕落到情场底饿鬼道。高本所写的光景、情趣，生生被一个"我"字糟蹋了。凡这等地方，虽只有一字之差，却所关很大。

且不但风格底优劣迥殊，即以文词底结构论，这个"我"字万万安他不下。为什么呢？上文明有"也该留着"一兼词（高戚两本同），正为说明此语之用，言当初不该让黛玉自己拢发，最好留着，一起让宝钗替她抿上去。若宝玉想自己为黛玉拢发，何必说什么留着？因为即使是留着，也与宝玉无干。宝玉在这回书上本没有替黛玉抿发，何必惋惜呢？而且上文所谓"只觉更好"一兼词，如下文换了"我"字，又应当作何解释？宝钗替黛玉抿鬓，所以能说更好。以如此好的风情，而宝玉要亲自出马，岂不是大杀风景呢？这类谬处，都是后来传抄人底一己妄见，奋笔乱改所致。他们因被这好几个"他"字搅扰不清，依自己底胸襟，莫妙于换一"我"字，方足以写宝黛底亲昵。我们看戚本底眉评，就可以恍然于这类妄人底见解了。（戚本这回眉评说："今本将我字改作他字，不知何意？"）①

第四十九回，写香菱与湘云谈诗之后，宝钗笑话她俩；高戚两本有繁简底不同，而戚本却很好，可以照补。

---

① 戚本这眉评是有正主人加的。脂庚本"我"作"他"，同高本。戚本所以大误有两个可能的解释：（1）原来抄错了的。（2）有正书局妄改后，又从而赞美之。

"……又怎么是温八叉之绮靡，李义山之隐僻；痴痴颠颠，那里还像两个女儿呢？"说得香菱、湘云二人都笑起来。（高本）

"……李义山之隐碎。放着现在的两个诗家不知道，提那些死人作什么？"湘云听了，忙笑问："现在是那两个？好姐姐，告诉我！"宝钗笑道："呆香菱之心苦，疯湘云之话多。"二人听了都大笑起来。（戚本）

戚本所作，不但说话神情，极其蕴藉聪明；且依前后文合看，这后来宝钗一语，万万少不得的。因为如高本所作，宝钗说话简直是教训底口吻，别无甚可笑，二人怎么会都笑起来？必如戚本云云，方才有可笑之处，且妙合闺阁底神情。否则，一味的正言厉色，既不成为宝钗，又太杀风景了。

第五十三回，写贾母庆元宵事，戚本较高本多一大节文字，虽无大关系却也在可存之列。现在引如下：

原来绣这璎珞的，也是个姑苏的女子，名唤慧娘。因他亦是书香宦门之家，他原精于书画，不过偶然绣一两件针线作要，并非世卖之物。凡这屏上所绣之花卉，皆仿的是唐宋元各名家的折枝花卉；故其格式皆从雅本来，非一味浓艳匠工可比。每一枝花侧，皆用古人题此花之旧句，或诗或歌不一，皆用黑绒绣出草字来，且字迹勾踢转折轻重连断，皆与笔写无异，亦不比市绣字迹，倔强可恨。他不仗此获利，所以天下虽知，得者甚少。凡世宦富贵之家，无此物者甚多。当今称为"慧绣"。竟有世俗射利者近日仿其针迹，愚人获利。偏这慧娘命夭，十八岁便死了，如今再不能得一件的了。所有之家亦不过一两件而已，皆惜若宝玩一般。更有那一干翰林文魔先生们，因深惜慧绣之佳，便说这"绣"字不能尽其妙，这样针迹，只说一"绣"字，反似乎唐突了，便大家商议了将"绣"字隐去，换了一个"纹"字；所以如今都称为"慧纹"。若有一件真慧纹之物，价则无限。贾府之荣，也只有两三件。上年将两件已进了上，目下只剩这一副璎珞，一共十六扇。贾母爱之，如珍如宝，不入请客各色陈列之内，只留在自己这边，高兴摆酒时赏玩。（脂庚本"世卖"作"市卖"，是。）

这虽没有深意，却决不在可删之列，不知高本为什么少此一节。或者高鹗当时所见各抄本，都是没有这一节的，也未可知。现在看这节文字，很可以点缀繁华，并不芜杂可厌。

最奇特的，是戚本第六十三回写芳官一节文字，芳官改名耶律雄奴这一件事，高本全然没有，在宝玉投帖给妙玉以后，便紧接着平儿还席的事。戚本却在这里，插入一节不伦不类的文字。因为原文甚长，不便全录，只节引有关系的一节：

> 宝玉忙笑道："……既这等再起个番名，叫耶律雄奴，二音又与匈奴相通，都是犬戎名姓。况且这两种人，自尧舜时便为中华之患，晋唐诸朝，深受其害。幸得咱们有福，生在当今之世，大舜之正裔，圣虞之功德、仁孝，赫赫格天，同天地日月亿兆不朽。所以凡历朝中跳梁猖獗之小丑，到了如今，不用一干一戈，皆天使其拱俯，缘远来降。我们正该作践他们为君父生色。"芳官笑道："……何必借我们，你鼓唇摇舌，自己开心作戏，却自己称功颂德？"宝玉笑道："所以你不明白。如今四海宾服，八方宁静，千秋万载，不用武备，咱们虽一戏一笑，也该称颂，方不负坐享升平了。"……

这些话，失却宝玉平常说话底神气，文意也很不好。假使要讨论起来，那话就很长了。

全回文字几全不同的，是第六十七回。高鹗底引言曾说："如六十七回此有彼无，题同文异……"果然我们把两本第六十七回一对看，回目虽相同，本文却是大异。这相异之处，是戚本之真相，与上边所说经后人改窜的有些不同。这自然，我不能全然征引来比较，只好约略说一点。

戚本这回文字，比高本多出好几节，举重要的如下：

（1）宝玉黛玉宝钗一节谈话。（卷七，五页）

（2）宝玉和袭人谈话。（七页）

（3）袭人和凤姐一大节谈话，并说巧姐底可爱。（九页）

（4）凤姐和平儿谈尤二姐事，明写凤姐设计底狠毒。（十一、十二页）

多少相仿，而文字不同的又有两节：

（1）赵姨娘对王夫人夸宝钗一节。（六页）

（2）凤姐拷问家童一节。（十、十一页）

总说一句，全回文字都几乎全有差异，是在八十回中最奇异的一回，且在高鹗时已经如此的。我们要推求歧异底来源，只得

红楼梦研究

归于抄本不同之故；但抄本何以在这一回独独多歧，当时的高氏，也没有能说明，我们也只好"存而不论"了。

至于优劣底比较，从大体上看，高本是较好的。譬如凤姐拷问家童一节，高本写得更有声色；凤姐和平儿谈话，及设计一节，高本只约略点过，较为含蓄。第一项中底（1）（2）两节文字，都可有可无，有了并不见佳。只第二项底（1）节，戚本似不坏。第一项中底（3）节，戚本虽稍见长，不如高本底简洁，但描写神情口吻颇好；说巧姐可爱一节文字，尤不可少。巧姐是书中重要人物之一，而八十回中很少说及，戚本多这一节极为适当。优劣本是相对的，我只就主观的见解，以为如此。

戚本在第六十九回，又多了一节文字，大可以删削的。这回正写凤姐如何处置尤二姐及秋桐，戚本却横插一节前后不接的文字。现在引如下：

……一面带了秋桐来见贾母与王夫人等，贾琏也心中纳罕。那日已是腊月二十日，贾珍起身先拜了宗祀，然后过来辞拜贾母等人。合族中人直送到洒泪亭方回，独贾琏贾蓉送出，三日三夜方回……且说凤姐……

在"纳罕""且说"之间这一节文字，高本上都是没有的。戚本却添了四行字，不但上文没有说贾珍要到那里去，下文没有说回来，踪迹太不明了。且正讲凤姐，为什么要夹写贾珍远行，文理未免有些不顺。但如没有这一节，同回贾琏说："家叔家兄在外"，却没有着落。有这一个理由，可以为这一节作辩解。

在同回，戚本有一节极有意义的文字，远胜高本。戚本上说：

> 只见这二姐面色如生，比活着还美貌。贾琏又搂着大哭，只叫："奶奶！你死的不明！都是我坑了你！"贾蓉忙上来劝："叔叔，解着些儿。我这个姨娘，自己没福。"说着，又向南指大观园的界墙。贾琏会意，只悄悄跌脚说："我想着了。终究对出来，我替你报仇。"

高本把这一节完全删了，只在下边添写"贾琏想着他死得不分明，又不敢说"一语，作为补笔，却不见好。因这节文字，可以断定凤姐底结局，极为紧要，万无可删之理。且尤二姐暴死，以凤姐平素之为人，贾琏又何得不怀疑？故以文情论，这一节亦是断断乎不可少的，何况描写得极其鲜明而深刻呢？

　　　　　　　　　　　　　　　　　红楼梦研究

第七十回，高本也有一点小小的疏漏，应依戚本改正。现引戚本一节，括弧中的是高本所没有的文字。

> 只见湘云又打发翠缕来说："请二爷快去瞧好诗。"（宝玉听了，忙问："那里的好诗？"翠缕笑道："姑娘们都在沁芳亭上，你去了便知。"）宝玉听了，忙梳洗了出来，果见黛玉……都在那里……

高本既少了括弧中的一节，下文所谓"那里"便落了空。不如戚本明点沁芳亭，较为妥帖。

第七十五回，有一节文字，我觉得戚本好些。现在把两本所作并列如下：

> 尤氏……一面洗脸，丫头只弯腰捧着脸盆。李纨道："怎么这样没规矩！"那丫头赶着跪下。尤氏笑道："我们家下大小的人，只会讲外面假礼、假体面，究竟做出来的事都彀使的了！"（高本）

> 小丫环炒豆儿捧了一大盆温水，走至尤氏跟前，只弯腰捧着。银蝶笑道："奶奶不过待咱们宽些，在家里不管怎样罢了。你就得了意，不管在家在外，当着亲戚也只

随便罢了。"尤氏道："你随他去罢,横竖洗了就完事了。"炒豆赶着跪下。(下同)(戚本)

这虽是不甚关紧要的文字,但依高本,却很不合说话时底情理。李纨责备小丫头底没规矩,而尤氏即大发牢骚,说外面讲礼貌的人,作事都够使的,岂不是当面骂人?况且书中写李纨平素和易,怎么这一回对于小事如此的严声厉色?戚本所作似很妥当,补尤氏说"随他去罢"一语,亦是应有的文章。

还有一节底异文,虽论不到谁好谁歹,却是很有趣的。高鹗底四十回,在第一百九回,有"候芳魂五儿承错爱"一大节很是精采的文章,柳五儿明明是个活人。但据戚本,八十回中柳五儿已早死了。我引戚本独有的一节文字:

王夫人笑道:"你还强嘴!我且问你:前年我们往皇陵上去,是谁调唆宝玉要柳家的五儿丫头来着?幸而那丫头短命死了!……"(第七十七回)

所以若依戚本去续,那五儿承错爱一节,根本上是要不得的。但高本底第七十七回,因没有这一节文字,前后还可以呼应,我们也不能判什么优劣。只能说他们不相同而已。

但却有两层题外的揣想，可以帮助我们的。（1）高鹗所见的各抄本，戚本并不在内；因为高氏如见有一种抄本上面明写五儿已死，他或者不会作第一百九回这段文章。（2）再不然，便是高鹗曾经修改过八十回本，将这一节文字删去，使他底补作不致自相矛盾。这两层揣想，必有一个是真实的，但我却不能断定是那一个。

就两本底本文、回目底大体约略比较一下，已占了这么长的篇幅，恐怕还因我翻检匆忙，仍不免有遗漏之处。好在我并不是要做校勘记，即脱略了几处，也无甚要紧。倒是篇幅底冗长，使读者感到沉闷，我却深抱不安的。现在只说一点零碎的话，拿来结束本篇。有正书局印行的戚本，上有眉评，是最近时人加的，大约即在有正书局印行本书的时候。看第三回眉评，曾说西餐底仪节，可见是最近人底笔墨了。这位评书人底见解，实在不甚高明。他所指出戚本底佳胜之处，实在未必处处都佳；他所指出两本底歧异之点，有些是毫无关系的。到真关重要的异文，他反而不说了。我当时如就这眉评来草本篇，其失败必远过于现在。因为他底不可靠，所以仍费了我很多的翻检底功夫①。

戚本还有一点特色，就是所用的话几乎全是纯粹的北京方言，比高本尤为地道。我因为这些地方不关重要，所以在上文没有说到，但分条比较去虽是很小，综观全书却也是个很显著的区别，不能不说一说。雪芹是汉军旗人，所说是满族家庭中底景况，自然应当用逼真的京语来描写。即以文章风格而言，使用纯粹京语，来表现书中情事亦较为明活些。这原是戚本底一个优点，不能够埋没。惟作眉评人碰到这等地方，必处处去恭维一下，实在也可不必。王雪香底高本评语，也是一味的滥誉，正犯了同一的毛病。我作这篇文字，自以为是很平心的，如应了"后之视今，亦犹今之视昔"这句老话，那却就糟了！

---

① 我在《红楼梦辨》初版已明说这有正本的小字眉评是最近时人加的；但近人在《考证红楼梦的新材料》一文中却说，"平伯的错误在于认戚本的眉评为原有的评注，而不知戚本所有的眉评是狄楚青先生所加。"这并不合事实。不过我在写《红楼梦辨》时把这"眉评"两字用得很混乱，有时每页上面的小字评称为眉评，如上卷页一四六（新印本七一页），这眉评是狄楚青之笔。有时则把每回起首之总评称为眉评，如下卷第十、二四、二八页（新印本一七三、一八〇、一八一页）等，这眉评是脂砚斋底手笔。岂非失之毫厘谬以千里乎？在此更正致愧。

红楼梦研究

作者底态度

大家都喜欢看《红楼梦》，更喜欢谈《红楼梦》，但本书底意趣，却因此隐晦了近二百年，这是一件很不幸的事情。其实作书底意趣态度，在本书开卷两回中已写得很不含糊，只苦于读者不肯理会罢了。历来"红学家"这样懵懂，表面看来似乎有点奇怪；仔细分析起来，有两种观察，可以说明迷误底起源。

第一类"红学家"是猜谜派。他们大半预先存了一个主观上的偏见，然后把本书上底事迹牵强附会上去，他们底结果，是出了许多索隐，这派"红学家"有许多有学问名望的人，以现在我们底眼光看去，他们很不该发这些可笑的议论。但事实上偏闹了笑话。

为什么呢？这其中有两个原故：（1）他们有点好奇，以为那些平淡老实的话，决不配来解释《红楼梦》的。（2）他们底偏见实在太深了，所以看不见这书底本来面目，只是颜色眼镜中的《红楼梦》。从第一因，他们宁可相信极不可靠的传说，（如董小宛明珠之类）而不屑一视作者底自述，真成了所谓"目能见千里之外，而不能自见其眉睫"了。从第二因，于是有把自己底意趣投射到作者身上去。如蔡孑民先生他自己抱民族主义，而强谓《红楼梦》作者持民族主义甚挚，书中本事在吊明之亡，揭清之失等等。（《石头记索隐》）作者究竟有无这层意思，其实很不可知。总之，求深反惑，是这派"红学家"底通病。

第二类"红学家"我们叫他消闲派。他们读《红楼梦》底方法，那更可笑了。他们本没有领略文学底兴趣，所以把《红楼梦》只当作闲书读，对于作者底原意如何，只是不求甚解的。他们底态度，不是赏鉴，不是研究，只是借此消闲罢了。这些人原不足深论，不过有一点态度却是大背作者底原意。他们心目中只有贾氏家世底如何华贵，排场底如何阔绰，大观园风月底如何繁盛，于是恨不得自己变了贾宝玉，把十二钗做他妻妾才好。这种穷措大底眼光，自然不值一笑；不过他们却不安分，偏要做《红楼梦》底九品人表，那个应褒，那个应贬，信口雌黄，毫无是处，并且以这些阿其所好底论调，强拉作者来做他底同志。久而久之，大家仿佛觉得作者原意也的确是如此的；其实他们多半随便说说罢了。

这两段题外的文章，却很可以帮助我们了解《红楼梦》作者底真态度，可以排除许多迷惑，不至于蹈前人底覆辙。我们现在先要讲作者做书底态度。

要说作者底态度，很不容易。我以为至少有两条可靠的途径可以推求：第一，是从作者自己在书中所说的话，来推测他做书时底态度。这是最可信的，因为除了他自己以外，没有一个人能完全了解他底意思的。雪芹自序的话，我们再不信，那么还有什么较可信的证据？所以依这条途径走去，我自信不至于迷路的。第二，是从作者所处的环境和他一生底历史，拿来印证我们所揣测的话。现在不幸得很，关于雪芹底事迹，我们知道的很少；但就所知的一点点，已足拿来印证推校我们从本书所得的结果。我下面的推测都以这两点做根据的，自以为虽不能尽作者底原意，却不至于大谬的。

《红楼梦》底第一、第二两回，是本书底引子，是读全书关键。从这里边看来，作者底态度是很明显的。他差不多自己都说完了，不用我们再添上废话。

（1）《红楼梦》是感叹自己身世的，雪芹为人是很孤傲自负的，看他底一生历史和书中宝玉底性格，便可知道：并且还穷愁潦倒了一生。所以在本书引子里说道：

"风尘碌碌，一事无成。"

"当此日……以致今日，一技无成，半生潦倒之罪，编述一集以告天下。"

那娲皇只用了三万六千五百块，单单剩下一块未用，弃在青埂峰下。谁知此石自经煅炼之后，灵性已通，……因见众石俱得补天，独自己无才不得入选，遂自怨自愧，日夜悲哀。

无才可去补苍天，枉入红尘若许年。此系身前身后事，倩谁记去作奇传？

"石兄，你这段故事，据你自己说来有些趣味，故镌写在此。"

身后有余忘缩手，眼前无路想回头。

"其中想必有个翻过斤斗来的，也未可知。"（以上引文，皆见《红楼梦》第一、第二两回。）

从这些话看来，可以说是明白极了。石头自怨一段，把雪芹怀才不遇的悲愤，完全写出。第二回贾雨村论宝玉一段，亦是自负。书中凡贬宝玉只是牢骚话头，不可认为实话。如第三回《西江月》一词，似骂似赞，痛快之极。一则曰，"行为偏僻性乖张，那管世人诽谤？"二则曰，"天下无能第一，古今不肖无双。"世人诽谤可以不顾，正足见雪芹特立独行，翛然物外。无能不肖，虽是近于骂，而第一无双，则竟是赞。凡书中说宝玉处，莫不如此，足见雪芹自命之高，感愤之深，所以《红楼梦》一书，如箭在弦上，不得不发。名《石头记》，自然以宝玉为主体，所以一切叙述情事，皆只是画工底后衬，戏台上底背景，并不占最重要的位置。世人读《红楼梦》记得一个大观园，真是"买椟还珠"啊！

（2）《红楼梦》是情场忏悔而作的。雪芹底原意或者是要叫宝玉出家的，不过总在穷途潦倒之后，与高鹗续作稍有点不同。这层意思，也很明显，可以从《红楼梦》一名《情僧录》看出。所以原书上说：

"知我之负罪固多。"

"更于书中间用梦幻等字，都是此书本旨，兼寓提醒阅者之意。"

空空道人遂因空见色，由色生情，传情入色，自色悟空；遂改名情僧，改《石头记》为《情僧录》。东鲁孔梅溪题曰《风月宝鉴》。（见第一回）

警幻说："……或冀将来一悟，未可知也。"

"快休前进，作速回头要紧！"（均见第五回）

书中类此等甚多，此处不过举几个例子来证实这层揣想罢了。

照高鹗补的四十回看，宝玉亦是因情场忏悔而出家的。宝玉之走，即由于黛玉之死，这是极平常的套话。依我悬想，宝玉底出家，虽是忏悔情孽，却不仅由于失意、忏悔底原故，我想或由于往日欢情悉已变灭，穷愁孤苦，不可自聊，所以到年近半百，才出了家。书中甄士隐，智通寺老僧，皆是宝玉底影子。这些虽大半是我底空想，但在书中也不无暗示。十二钗曲名《红楼梦》，现即以之名《石头记》。《红楼梦曲》《引子》上说："奈何天，伤怀日，寂寥时，试遣愚衷；因此上演出这悲金悼玉的红楼梦。"《飞鸟各投林》曲末尾说："好一似食尽鸟投林，落了片白茫茫大地真干净。"（第五回）秦氏说："三春去后诸芳尽，各自须寻各自门。"（第十三回）从此等地方看来，似十二钗底结局，皆为宝玉所及见的。所以开宗明义第一回就说："曾历过一番梦幻之后"，又说："忽念及当日所有之女子"。既曰曾历过梦幻，则现在是梦醒了；既曰当日所有，则此日无有又可知。总之，宝玉出家既在中年以后，又非专为一人一事而如此的。颉刚以为甄士隐是贾宝玉底晚年影子，这层设想，我极相信。宝玉底末路尽在下边所引这几句话写出：

　　　　　　　　　　　　红楼梦研究

"士隐乃读书之人，不惯生理、稼穑等事，勉强支持一二年，越发穷了。……士隐……急忿怨痛，已有积伤，暮年之人，贫病交攻，竟渐渐的露出那下世的光景来。"（第一回）

从这里看去，宝玉出家除情悔以外，还有生活上底逼迫，做这件事情底动机。雪芹底晚年，亦是穷得不堪的，更可以拿来做说明了。如敦诚赠诗，有"环堵蓬蒿屯"之句，有"举家食粥酒常赊"之句，虽文人之笔不免浮夸，然说举家食粥，则雪芹之穷亦可知。在本书上说宝玉后来落于穷困也屡见：

"蓬牖、茅椽，绳床、瓦灶，"

"陋室空堂，当年笏满床；衰草枯杨，曾为歌舞场；蛛丝儿结满雕梁，绿纱今又糊在蓬窗上。……"

"金满箱，银满箱，转眼乞丐人皆谤。"（见第一回）

"贫穷难耐凄凉。"（见第三回《西江月》宝玉赞）

高鹗以为宝玉仿佛成了仙佛去了；但雪芹心中底宝玉，每每是他自己底影子，是极飘零憔悴的苦况的。必如此，红楼方成一梦，而文字方极其摇荡感慨之致。

（3）《红楼梦》是为十二钗作本传的。除掉上边所说感慨身世忏情孽这两点以外，书中最主要的人物，就是十二钗了。在这一方面，《水浒》和《红楼梦》有相同的目的。大家都知道，《水浒》作者要描写出他心目中一百零八个好汉来。但《红楼梦》作者底意思，亦复如此，他亦想把他念念不忘的十二钗，充分在书中表现出来。这层意思虽很浅显，而自来读《红楼梦》的人都忽略了，闹出许多可惜的误会。为什么知道雪芹是要为十二钗作传呢？这亦是从他自己底话得来的，我引几条如下：

> "但书中所记何事何人？……忽念及当日所有之女子，一一细考较去，觉其行止识见皆在我之上，我堂堂须眉，诚不若彼裙钗。"
>
> "知我之负罪固多；然闺阁中历历有人。万不可因我之不肖自护己短，一并使其泯灭也。"
>
> "我虽不学无文，又何妨用假语村言敷衍出来，亦可使闺阁昭传。……"
>
> "其中只不过几个异样女子，或情，或痴，或小才微善；……"

"……竟不如我半世亲见亲闻的这几个女子……但观其事迹原委，亦可消愁破闷。"

"后因曹雪芹于悼红轩中……又题曰《金陵十二钗》。"（均见第一回）

这竟是极清楚的话，无须我再添什么了。既认定雪芹意思是要使闺阁昭传；那么，有许多"红学家"简直是作者底罪人了。他们每每说，这里边底女子没有一个好的。其实这未免深文周内。就是在第六十六回柳湘莲说：

"你们东府里除了两个石头狮子干净，只怕连猫儿狗儿都不干净。"

但这说的是宁国府，也并没有说大观园里的人个个不干净啊。

还有一种很流行的观念，他们以为《红楼梦》是一部变相的《春秋经》，以为处处都有褒贬。最普通的信念，是右黛而左钗。因此凡他们以为是宝钗一党的人——如袭人凤姐王夫人之类——作者都痛恨不置的。作者和他们一唱一和，真是好看煞人。但雪芹先生恐怕不肯承认罢。

我先以原文证此说之谬，然后再推求他们所以致谬底原因。作者在《红楼梦曲》《引子》上说：

> "悲金悼玉的红楼梦。"

是曲既为十二钗而作，则金是钗玉是黛，很无可疑的。悲悼犹我们说惋惜，既曰惋惜，当然与痛骂有些不同罢。这是雪芹不肯痛骂宝钗的一个铁证。且书中钗黛每每并提，若两峰对峙双水分流，各极其妙莫能相下，必如此方极情场之盛，必如此方尽文章之妙。若宝钗稀糟，黛玉又岂有身分之可言。与事实既不符，与文情亦不合，雪芹何所取而非如此做不可呢？雪芹仿佛会先知的，所以他自己先声明一下，对于上述两种误会，作一个正式的抗辩。他在第一回里说：

> "况且那野史中，或讪谤君相，或贬人妻女，奸淫凶恶，不可胜数；更有一种风月笔墨，其淫秽污臭，最易坏人子弟。……在作者不过要写出自己的两首情诗艳赋来，故假捏出男女二人名姓，又必旁添一小人拨乱其间，如戏中小丑一般。"

第一句话是驳第一派的，第二句话是驳第二派的，试想雪芹若不是个疯子，他怎会自己骂自己呢？依第一派，大观园里没有一个好人，这明明是"讪谤君相贬人妻女"了。依第二派说，宝黛好事被人离阻，这又明明是"假捏出男女二人，一小人拨乱其间"了。

这两派底谬处已断定了。现在分析致谬底原因：第一派所以如此，因为他们解释《红楼梦》底本事弄错了。《红楼梦》是按自己底事体情理做的，他们却以为《红楼梦》是说的人家底事情。《红楼梦》有自传的性质，以前人说得很少。（有却也是有的，不过大家都不相信注意。如江顺怡做的《读红楼梦杂记》，就说《红楼梦》所记之事，皆作者自道其生平。）他们未读《红楼梦》以前，先有一部《金瓶梅》做底子。《金瓶梅》跟《红楼梦》虽有关连，两书立意不同，拿读《金瓶梅》底眼光来读《红楼梦》，难免发生错误。既以为是人家底事情，贬斥讪谤，自然是或有的；但若知道这是他自己底事情，即便有这类的事，亦很应该"胳膊折了往袖子里藏"啊。（《红楼梦》于秦氏多微词，即是为此。）

第二派底致谬底原因有两层：（1）他们最初是上了高鹗续作底当了。第一个说后四十回是高君补的，是清人张问陶（字船山，见于他底诗跟诗注，在我曾祖曲园先生《小浮梅闲话》曾引过他，但那时候不大有人注意到）。他们那时候，自然相信《红楼梦》是百二十回的。从后四十回看宝钗袭人凤姐都是极阴毒并且讨厌的；读者既不能分别读去，当然要发生嫌恶宝钗一派人底情感。其实后四十回与《红楼梦》作者很不相干，单读八十回本的《红楼梦》，我敢断言右黛左钗底感情，决不会这样热烈的。（2）既然向失意者——黛玉——表同情，既然对于"钗党"有先入的恶感；这颜色眼镜已经戴上了，如何再能发见作者底态度。感情这类状态，从主观上投射到客观方面，是很容易的。自己这般说，不知不觉的擅定作者也这般说。于是凡他所喜欢的人，作者定是要褒的；他所痛恨的，作者定是要贬的。这并非作者之意，不过读者底偏见罢了。

作者做书底三层意思，我这几段芜杂的文字里已大致表现清楚了。作者底真态度虽不能备知，却也可以窥测一部分，那些陈袭的误会也解释了许多。在下篇更要转入另外一面，就是从这种态度发生的文章风格如何的问题。

红楼梦底风格

上篇所说有些偏于考证的。这篇全是从文学的眼光来读《红楼梦》。原来批评文学底眼光是很容易有偏好的，所以甲是乙非了无标准。俗语所谓"麻油拌韭菜，各人心里爱"，就是这类情景底写照了。我在这里想竭力避免那些可能排去的偏见私好，至于排不干净的主观色彩，只好请读者原谅了。

在现今我们中国文艺界中，《红楼梦》仍为第一等的作品，实际上的确如此。在高鹗续书那时候，已脍炙人口二十余年了。自刻本通行以后，《红楼梦》已成为极有势力的民间文学，差不多人人都看，并且人人都喜欢谈，所以京师竹枝词有"开口不谈《红楼梦》，此公缺典定糊涂"之语，可见《红楼梦》行世后，人心颠倒之深。（此语见清同治年间，梦痴学人所著的《梦痴说梦》所引。）即我们研究《红楼梦》底嗜好，也未始不是在那种空气中间养成的。

《红楼梦》底风格，我觉得较无论那一种旧小说都要高些。所以风格高上底缘故，正因《红楼梦》作者底态度与他书作者态度有些不同。

从作者自传这个观念，对于《红楼梦》风格底批评有很大的影响。书中底人物事情都有蓝本，所以《红楼梦》作者底最大手段是写生。世人往往把创造看作空中楼阁，而把写实看作模拟，却不晓得想像中底空中楼阁，也有过去经验作蓝本，若真离弃一切的经验，心灵便无从活动了。虚构和写实都靠着经验，不过中间的那些上下文底排列，有些不同罢了。写生既较逼近于事实，所以从这手段做成的作品所留下的印象感想，亦较为明活深切。

《红楼梦》作者底手段是写生。他自己在第一回，说得明明白白：

> 其间离合悲欢，兴衰际遇，俱是按迹循踪，不敢稍加穿凿，致失其真。因见上面大旨不过谈情，亦只实录其事。

我们看，凡《红楼梦》中底人物都是极平凡的，并且有许多极污下不堪的。人多以为这是《红楼梦》作者故意骂人，所以如此；却不知道作者底态度只是一面镜子，到了面前便须眉毕露无可逃避了，妍媸虽必从镜子里看出，但所以妍所以媸的原故，镜子却不能负责。以我底偏好，觉得《红楼梦》作者第一本领，是善写人情。细细看去，凡写书中人没有一个不适如其分际，没有一个过火的；写事写景亦然。我说："好一面公平的镜子啊！"

我还觉得《红楼梦》所表现的人格，其弱点较为显露。作者对于十二钗，是爱而知其恶的。所以如秦氏底淫乱，凤姐底权诈，探春底凉薄，迎春底柔懦，妙玉底矫情，皆不讳言之。即钗黛是他底真意中人了；但钗则写其城府深严，黛则写其口尖量小，其实都不能算全才。全才原是理想中有的，作者是面镜子如何会照得出全才呢？这正是作者极老实处，却也是极聪明处，妙解人情看去似乎极难，说老实话又似极容易，其实真是一件事底两面。《红楼梦》在这一点上，旧小说中能比他的只有《水浒》。《水浒》中有百零八个好汉，却没有一个全才。这两位作者，大概在这里很有同心了。

《红楼梦》中人格都是平凡这句话，我晓得必要引起多少读者底疑猜；因为他们心目中至少有一个人是超平凡的。谁呢？就是书中的主人翁——贾宝玉。依我们从前囫囵吞枣的读法，宝玉底人格确近乎超人的。我们试想一个纨绔公子，放荡奢侈无所不至的，幼年失学，长大忽然中举了。这便是个奇迹，颇含着些神秘性的了。何况一中举便出了家，并且以后就不知所终了，这真是不可思议。但所以生这类印象，我们都被高先生所误，因为我们太读惯了一百二十回本的《红楼梦》，引起不自觉的错误来。若断然只读八十回，便另有一个平凡的宝玉，印在我们心上。

依雪芹写法，宝玉底弱点亦很多的。他既做书自忏，决不会像现在人自己替自己登广告啊。所以他在第一回里，即屡次明说。在第三回《西江月》又自骂一起，什么"富贵不知乐业，贫穷难耐凄凉"。这怕也是超人底形景吗？是决不然的。至于统观八十回所留给我们，宝玉底人格，可以约略举一点。他天分极高，却因为环境关系，以致失学而被摧残。他底两性底情和欲，都是极热烈的，所以警幻很大胆地说："好色即淫，知情更淫"；一扫从来迂腐可厌的鬼话。他是极富于文学上的趣味，哲学上的玄想，所以人家说他是痴子；其实宝玉并非痴慧参半，痴是慧底外相，慧即是痴底骨子。在这一点作者颇有些自诩，不过总依然不离乎人情底范围。

依我们底推测，宝玉大约是终于出家；但他底出家，恐不专因忏情，并且还有生计底影响，在上边已说过了，出家原是很平凡的，不过像续作里所描写的，却颇有些超越气象。况且做和尚和成仙成佛，颇有些不同。照高君续作看来，宝玉结果是成了仙佛，却并不是做和尚。所以贾政刚写到宝玉的事，宝玉就在雪影里面光头赤脚披了大红斗篷，向他下拜，后来僧道夹之而去，霎时不见踪迹。（事见第百二十回）试问世界上有这种和尚么？后来皇帝还封了文妙真人，简直是肉体飞升了。神仙佛祖是超人，和尚是人，这个区别无人不清楚的。雪芹不过叫宝玉出家，所以是平凡的。高鹗叫宝玉出世，所以是超越的。《红楼梦》中人格是平凡的这个印象，非先有分别的眼光读原书不可，否则没有不迷眩的。

在逼近真情这点特殊风格外，实事求是这个态度又引出第二个特色来。《红楼梦》底篇章结构，因拘束于事实，因而能够一洗前人底窠臼，不顾读者底偏见嗜好。凡中国自来底小说，大都是俳优文学，所以只知道讨看客底欢喜。我们底民众向来以团圆为美的，悲剧因此不能发达，无论那种戏剧小说，莫不以大团圆为全篇精采之处，否则就将讨读者底厌，束之高阁了。若《红楼梦》作者则不然；他自发牢骚，自感身世，自忏情孽，于是不能自已的发为文章，他底动机根本和那些俳优文士已不同了。并且他底材料全是实事，不能任意颠倒改造的，于是不得已要打破窠臼得罪读者了。作者当时或是不自觉的也未可知，不过这总是《红楼梦》底一种胜利功绩。

《红楼梦》底不落窠臼，和得罪读者是二而一的；因为窠臼是习俗所乐道的，你既打破他，读者自然地就不乐意了。譬如社会上都喜欢大小团圆，于是千篇一律的发为文章，这就是窠臼；你偏要描写一段严重的悲剧，弄到不欢而散，就是打破窠臼，也就是开罪读者。所以《红楼梦》在我们文艺界中很有革命的精神。他所以能有这样的精神，却不定是有意与社会挑战，是由于凭依事实，出于势之不得不然，因为窠臼并非事实所有，事实是千变万化，那里有一个固定的形式呢？既要落入窠臼，就必须要颠倒事实；但他却非要按迹循踪实录其事不可，那么得罪人又何可免的。我以为《红楼梦》作者底第一大本领，只是肯说老实话，只是做一面公平的镜子。这个看去如何容易，却实在是真正的难能。看去如何平淡，《红楼梦》却成为我们中国过去文艺界中第一部奇书。我因此有一种普通的感想，觉得社会上目为激烈的都是些老实人，和平派都是些大滑头啊。

在这一点上，有友人对我说过："《红楼梦》底最大特色，是敢于得罪人底心理。"《红楼梦》开罪于一般读者底地方很多，最大的却有两点。社会上最喜欢有相反的对照。戏台上有一个红面孔，必跟着个黑面孔来陪他，所谓"一脸之红荣于华衮，一鼻之白严于斧钺"。在小说上必有一个忠臣，一个奸臣；一个风流儒雅的美公子，一个十不全的傻大爷；如此等等，不可胜计。我小时候听人讲小说，必很急切地问道："那个是好人？那个是坏人？"觉得这是小说中最重要，并且最精采的一点。社会上一般人底读书程度，正还和那时候的我差不许多。雪芹先生于是很很的对他们开一下顽笑。《红楼梦》底人物，我已说过都是平凡的。这一点就大拂人之所好，幸亏高鹗续了四十回，勉强把宝玉抬高了些，但依然不能满读者底意。高鹗一方面做雪芹底罪人，一方面读者社会还不当他是功臣。依那些读者先生底心思，最好宝玉中年封王拜相，晚年拔宅飞升。（我从前看见一部很不堪的续书，就是这样做的。）雪芹当年如肯照这样做去，那他们就欢欣鼓舞不可名状，再不劳续作者底神力了！无奈他却偏偏不肯，宝玉亦慧、亦痴、亦淫、亦情，但千句归一句，总不是社会上所赞美的正人。他们已经皱眉有些说不出地难受了。十二钗都有才有貌，但却没有一个是三从四德的女子；并且此短彼长，竟无从下一个满意的比较褒贬。读者对于这种地方，实在觉得很麻烦、不自在，后来究竟忍耐不住，到底做一个九品人表去过过瘾方才罢休。

但作者开罪社会心理之处，还有比这个大的。《红楼梦》是一部极严重的悲剧，书虽没有做完，但这是无可疑的，不但宁荣两府之由盛而衰，十二钗之由荣而悴，能使读者为之怆然雪涕而已。若细玩宝玉底身世际遇，《红楼梦》可以说是一部问题小说。试想以如此的天才，后来竟弄到潦倒半生，一无成就，责任应该谁去负呢？天才原是可遇不可求的，即偶然有了亦被环境压迫毁灭，到穷愁落魄，结果还或者出了家。即以雪芹本人而论，虽有八十回的《红楼梦》可以不朽；但全书并未完成穷愁而死，在文化上真是莫大的损失。不幸中之大幸，他总算还做了八十回书，流传又如此之广，但他底家世名讳，直等最近才考出来。从前我们只知道有曹雪芹，至多再晓得是曹寅底儿子（其实是曹寅底孙子），以外便茫然了。即现在我们虽略多知道一点，但依然是可怜得很。这曹雪芹先生年表，正不大好做哩。

高鹗使宝玉中举，做仙做佛，是大违作者底原意的，但他始终是很谨慎的人，不想在《红楼梦》上造孽的。他总竭力揣摩作者底意思，然后再补作那四十回。我们已很感激他这番能尊重作者底苦心。文章本来表现人底个性，有许多违反错误是不能免的。若有人轻视高作，何妨自己来续一下，就知道深浅了。高鹗既不肯做雪芹底罪人，就难免跟着雪芹开罪社会了；所以大家读高鹗续作底四十回大半是要皱眉的。但是这种皱眉，不足表明高君底才短，正是表明他底不可及处。他敢使黛玉平白地死去，使宝玉娶宝钗，使宁荣抄家，使宝玉做了和尚；这些都是好人之所恶。虽不是高鹗自己底意思，是他迎合雪芹底意思做的，但能够如此，已颇难得。至于以后续做的人，更不可胜计，大半是要把黛玉从坟堆里拖出来，叫她去嫁宝玉。这种办法，无论其情理有无，总是另有一种神力才能如此。必要这样才算有收梢，才算大团圆，真使我们不好说话了。

现在我们从各方面证明原本只八十回，并且连回目亦只这八十是真的，这是完全依据事实，毫不杂感情上的好恶。但许多人颇赞成我们底论断，却因为只读八十回便可把那些讨人厌的东西一齐扫去，他们不消再用神力把黛玉还魂，只很顺当的便使宝黛成婚了。他们这样利用我们底发见，来成就他们的团圆迷，来糟蹋《红楼梦》底价值，我们却要严重的抗议了。依作者底原意做下去，其悲惨凄凉必过于高作，其开罪世人亦必过之。在《红楼梦》上面，不能再让你们来过团圆瘾！

我们又知道《红楼梦》全书中之题材是十二钗，是一部忏悔情孽的书。从这里所发生的文章风格，差不多和那一部旧小说都大大不同，可以说《红楼梦》底个性所在。是怎样的风格呢？大概说来，是"怨而不怒"。前人能见到此者，有江顺怡君。他在《读红楼梦杂记》上面说：

……正如白发宫人涕泣而谈天宝，不知者徒艳其纷华靡丽，有心人视之皆缕缕血痕也。

他又从反面说《红楼梦》不是谤书：

> 《红楼》所记皆闺房儿女之语……何所谓毁？何所谓谤？

这两节话说得淋漓尽致，尽足说明《红楼梦》这一种怨而不怒的态度。

我怎能说《红楼梦》在这点上，和那种旧小说都不相同呢？我们试举几部《红楼梦》以外，极有价值的小说一看。我们常和《红楼梦》并称的是《水浒》《儒林外史》。《水浒》一书是愤慨当时政治腐败而作的，所以奖盗贼贬官军。看署名施耐庵那篇自序，愤激之情，已溢于词表。"《水浒》是一部怒书"，前人亦已说过（见张潮底《幽梦影》上卷）。《儒林外史》底作者虽愤激之情稍减于耐庵，但牢骚则或过之。看他描写儒林人物，大半皆深刻不为留余地，至于村老儿唱戏的，却一唱三叹之而不止。对于当日科场士大夫，作者定是深恶痛疾无可奈何了，然后才发为文章的。《儒林外史》底苗裔有《二十年目睹之怪现状》《广陵潮》《留东外史》之类。就我所读过的而论：《留东外史》底作者，简直是个东洋流氓，是借这部书为自己大吹法螺的，这类黑幕小说底开山祖师可以不必深论。《广陵潮》一书全是村妇嫚骂口吻，反觉《儒林外史》中人物，犹有读书人底气象。作者描写的天才是很好的，但何必如此尘秽笔墨呢？前《红楼梦》而负盛名的有《金瓶梅》，这明是一部谤书，确是有所为而作的，与《红楼梦》更不可相提并论了。

以此看来，怨而不怒的书，以前的小说界上仅有一部《红楼梦》。怎样的名贵啊！古语说得好："物希为贵"；但《红楼梦》正不以希有然后可贵。换言之，即不希有亦依然有可贵的地方。刻薄嫚骂的文字，极易落笔，极易博一般读者底欢迎，但终究不能感动透过人底内心。刚读的时候，觉得痛快淋漓为之拍案叫绝；但翻过两三遍后，便索然意尽了无余味，再细细审玩一番，已成嚼蜡的滋味了。这因为作者当时感情浮动，握笔作文，发泄者多，含蓄者少，可以悦俗目，不可以当赏鉴。缠绵悱恻的文风恰与之相反，初看时觉似淡淡的，没有什么绝伦超群的地方，再看几遍渐渐有些意思了，越看得熟，便所得的趣味亦愈深永。所谓百读不厌的文章，大都有真挚的情感，深隐地含蓄着，非与作者有同心的人不能知其妙处所在。作者亦只预备藏之名山，或竟覆了酱缸，不深求世人底知遇。他并不是有所珍惜隐秘，只是世上一般浅人自己忽略了。

愤怒的文章容易发泄，哀思的呢，比较的容易含蓄，这是情调底差别不可避免的。但我并不说，发于愤怒的没有好文章，并且哀思与愤怒有时不可分的。但在比较上立论，含怒气的文字容易一览而尽，积哀思的可以渐渐引人入胜；所以风格上后者比前者要高一点。《水浒》与《红楼梦》底两作者，都是文艺上的天才，中间才性底优劣是很难说的；不过我们看《水浒》，在有许多地方觉得有些过火似的，看《红楼梦》虽不满人意的地方也有，却又较读《水浒》底不满少了些。换句话说，《红楼梦》底风格比较温厚，《水浒》则锋芒毕露了。这个区别并不在乎才性底短长，只在做书底动机底不同。

但这些抑扬的话头，或者是由于我底偏好也未可知。但从上文看来，有两件事实似乎已确定了的。（1）哀而不怒的风格，在旧小说中为《红楼梦》所独有。究竟这种风格可贵与否，却是另一问题；虽已如前段所说，但这是我底私见不敢强天下人来同我底好恶。（2）无论如何，嫚骂刻毒的文字，风格定是卑下的。《水浒》骂则有之，却没有落到嫚字。至于落入这种恶道的，决不会有真好的文章，这是我深信不疑的。我们举一个实例讲罢。《儒林外史》与《广陵潮》是一派的小说。《儒林外史》未始不骂，骂得亦未始不凶，但究竟有多少含蓄的地方，有多少穿插反映的文字，所以能不失文学底价值。《广陵潮》则几乎无人不骂，无处不骂，且无人无处不骂得淋漓尽致一泄无余，可以喷饭，可以下酒，可以消闲，却不

红楼梦研究

可以当他文学来赏鉴。我们如给一未经文学训练的读者这两部小说看，第一遍时没有不大赞《广陵潮》的；因为《儒林外史》没有这样的热闹有趣，到多看几遍之后，《儒林外史》就慢慢占优越的地位了。这是我曾试验过的。

《红楼梦》只有八十回真是大不幸，因为极精采动人的地方都在后面半部。我们要领略哀思的风格，非纵读全书不可；但现在只好寄在我们底想像上，不但是作者底不幸，读者所感到的缺憾更为深切了。我因此想到高鹗补书底动机，确是《红楼梦》底知音，未可厚非的。他亦因为前八十回全是纷华靡丽文字，恐读者误认为诲淫教奢之书，如贾瑞正照"风月宝鉴"一般；所以续了四十回以昭传作者底原意。在程高《引言》上说："……实因残缺有年，一旦颠末毕具，大快人心，欣然题名，聊以纪成书之幸。"可知高君补书并非如后人乱续之比，确有想弥补缺憾的意思。但高鹗虽有正当的动机，续了四十回书，而几乎处处不能使人满意。我们现在仍只得以八十回自慰，对于后半部所知只是片段而已。

红楼梦地点问题底商讨

说到《红楼梦》书中所写，究竟在那里，以现在我们所知这样少，当然不能解决这"地点问题"。这篇所讨论的，是本书所写各事，在南或在北；也就是在南京或在北京的问题。因为假如在南，那一定在南京；假如在北，除掉北京更没有别的地方了。

或南或北，我们先从本书看，得到的有些什么？如悬想起来，似乎很应当有个解决的方法。南北底风土人情，差异本很明显，而八十回书又非短篇之比。岂有从八十回书中，看不出一点所在地方底风土人情？只要有一两点看出，便可以断定这个问题了。这样说法原是不错，但可惜实际上没有这般简单。

本书中明说出地点的，有下列各项：

（1）黛玉宝钗到贾府去，都说是入都；而京都是专指

北京而言。（第三回、第四回）

（2）贾雨村选了金陵应天府，辞了贾政，择日到任。（第三回）

（3）贾雨村对冷子兴说："去岁我到金陵……那日进了石头城，从他老宅门前经过，街东是宁国府，街西是荣国府……大门外虽冷落无人……"（第二回）

（4）贾敬不肯回原籍来，只在都中城外和那些道士们胡羼。（第二回）

（5）凤姐册词有"哭向金陵事更哀"之语。（第五回）

（6）贾母说："我和你太太，宝玉立刻回南京去！"（第三十三回）

以外恐怕还有些证据，就想及的这六条已足够用了。雨村底话，我们看他说"老宅"，说"门外冷落无人"，都是没有人住着底铁证。贾母说回南京去，尤为明显。书中说京都，都中，皆指北京；于南京必曰石头城，金陵，南京。叙述时必曰原籍，自称必曰老家。这可见《红楼梦》底地方，是在北京。

本书除明点地方以外，从叙述情景中，还有可以证明是在北方的。颉刚有一信说得最为详细，现在引录如下，不用我再来申说。

贾家如在南方，何以有炕？炕于书中屡见。如第三回黛玉到王夫人处，写"临窗大炕"上怎样怎样。如第八回宝玉到薛姨妈处，听说宝钗在里面，他"忙下炕来……掀帘一步进去，先就看见宝钗坐在炕上作针线"。又如第六回刘姥姥到贾琏住宅，"刘姥姥和板儿上了炕，平儿和周瑞家的对面坐在炕沿上。"又说，"听得那边说道摆饭……忽见两个人抬了一张炕桌来，放在这边炕上，桌上碗盘摆列。……"又写凤姐坐处，"南窗下是炕，炕上大红条毡。……"又如第十六回宝玉到秦钟家，李贵道，"秦相公是弱症，未免炕上挺扛的骨头不受用。……"（平按，又如第二十五回，贾环来到王夫人炕上坐着，命人点了蜡烛，装腔做势的抄写。后来宝玉靠着枕头，在王夫人身后倒下，贾环将蜡烛向宝玉脸上一推。又如戚本第七十七回，晴雯将死之时，睡在芦席土炕上。这也都是北方砖炕底光景，明非南方之事。）从以上几则看来，王夫人条说是"临窗"，凤姐条说是"南窗下"，这是北京砖炕的安置处。南方便是炕床，也都安在北首靠墙的。宝钗在炕上作针线，巧姐屋里的炕上又是吃饭处所，秦钟又是睡在炕上：这都是北方砖炕的许多用处，不似南方的炕床只做客人坐位的。

其他所说像北方房屋样子的，就记忆所及，也有几处。（1）第十四回说，"宝玉外书房完竣，支领买纸料糊裱"，可见房屋是纸裱的。（2）第七十九回说，"咱们如今都系霞彩纱糊的窗格"，可见窗格是用纱糊的。这些在南方都没有。房屋结构尤其像北方。不过我对于这上的名目制度不甚明了，不敢提出来判断。

本来这书上的事实是使人确信他在北京的，所以明斋主人总评内也说：

> 白门为六朝佳丽地，系雪芹先生旧游处，而全无一二点染，知非金陵之事。……又于二十五回云"跳神"，五十七回云"鼓楼西"（刚案，南京也有鼓楼，这不能断定北京）……明辨以晰，益知非金陵之事。

不过我们已有了《随园诗话》的先入之见，不敢信他在北京罢了。假使我们能约略知道曹雪芹的生平，他在《红楼梦》中的生涯，自然可以确定他的所在。（一九二一，六，十四，信。）

颉刚当时所表示的希望，现在虽勉强地达到；但"确定所在"这个断语，依然还得悬着。这因为本书中有些光景，确系在江南才有的。若径断为北方之事，未免不合。例如：

第四十回，贾母众人先到潇湘馆，一进门，只见两边翠竹夹路，土地上苍苔布满。后来刘姥姥被青苔滑倒。

第二十六回，凤尾森森，龙吟细细，正是潇湘馆。同回，林黛玉也不顾苍苔露冷，独立花阴之下。

第十七回，潇湘馆有千百竿翠竹遮映。同回，贾政等过了荼蘼架，入木香棚，蔷薇院。又，怡红院中满架蔷薇。

第三十回，宝玉到了蔷薇架。此时正是五月，那蔷薇花叶茂盛之际。

第四十一回，妙玉对贾母说，喝的是旧年蠲的雨水。

第四十九回，目录是"琉璃世界白雪红梅"，本文是"枕翠庵中有十数株红梅，如胭脂一般"。第五十回，宝玉乞红梅，大家做红梅花诗。

第二十八回，行酒令时，蒋玉函拿起一朵木樨来。

看他写大观园中有竹，有苔，有木香、荼蘼、蔷薇，冬天有红梅，席面上有桂花，喝的是隔年雨水；怎么能说是北方的事情？第二十八回点木樨，或者可以说是盆景中的；但枕翠庵却有梅林，潇湘馆布满苔痕，又将如何解释？竹子我在北京还见过；至于梅林却从来未见，只听见人说某旗下亲贵有一枝梅花，是种在地下的，交冬时须搭篷保护。他自己很以为名贵，名之曰"燕梅"。这可见北京万不会有成林的红梅存在。至于北京居民亦万无以雨水为饮料之理；因北京屋顶，都是用灰泥砌瓦，且雨水稀少，下雨之时，颜色污浊，决不可饮。这是住过北京的人同有的经验。而且我所举的也并不全备，以外这类事例还多。如第七十八回，说"蓉桂竞芳"，第七十九回说"蓼花菱叶"，说"夏家把几十顷地种着桂花"，都不像北方底景象。

我勉强地为他下一个解释，只是自己总觉得理由不十分充足；但除此以外，更没有别的解释可以想像，除非推翻一切的立论点，承认《红楼梦》是架空之谈。果然能够推翻，也未始不好。我底解释是：

这些自相矛盾之处如何解法，真是我们一个难题。或者此等处本作行文之点缀，无关大体，因实写北方枯燥风土，未免杀尽风景。我想，有许多困难现在不能解决的原故，或者是因为我们历史眼光太浓厚了，不免拘儒之见。要知雪芹此书虽记实事，却也不全是信史。他明明说"真事隐去"，"假语村言"，"荒唐言"，可见添饰点缀处是多的。从前人都是凌空猜谜，我们却反其道而行之，或者竟矫枉有些过正也未可知。你以为如何？（一九二一，六，十八，信。）

我在当时亦觉得我们未免太拘迂了。《红楼梦》虽是以真事为蓝本，但究竟是部小说，我们却真当他是一部信史看，不免有些傻气。即如元妃省亲当然实际上没有这回事（清代妃嫔并无姓曹的），里面材料大半从南巡接驾一事拆下来运用的。这正是文章底穿插，也是应有的文学手腕。所以上列各项，暂且只好存而不论，姑且再换一条道路去走一下，看能够走得通吗？我这种怀疑的态度，曾对颉刚说：

> 从本书中房屋树木等等看来，也或南或北，可南可北，毫无线索，自相矛盾。此等处皆是所谓"荒唐言"，颇难加以考订。（一九二一，六，三十。）

因本书底内容混杂，不容易引到结论。我们只得从曹雪芹底身世入手，从外面别的依据入手，或者可以打破这重迷惑。颉刚对于这一点极有功绩。他先辨明大观园决不是随园，把袁枚底谎语拆穿。这样一来，《红楼梦》是南方的事，在外面看，已少了一个有力的帮手。袁枚本是个极肉麻的名士，老着脸说"大观园者，即余之随园也"。颉刚却说：

> 袁枚生于一七一六，与雪芹生岁不远。他说："相

隔已百余年矣"，可见此老之糊涂！本来我在《江南通志》、《江宁府志》及《上元县志》上查，都没有说小仓山是曹家旧业。曹寅是有名的人，往来的名士甚多，他有了园，一定屡屡见之诗歌，为什么《楝亭诗钞》里只有一个西轩，别人诗词里也不见说起？可见府志书的不载，正好反证曹家并无此园了。（一九二一，六，十四。）

袁枚所记曹家事，到处错误。大观园不在南京，我日来又续得数证：（1）《续同人集》上，张坚赠袁枚一诗的序中原说，"白门有随园，创自吴氏。"适之先生没有引他的序，而只引他的"瞬息四十年，园林数主易"一语，以为"数"即不止隋袁两家。现在既知尚有吴氏，则吴隋袁三家亦可称"数"了。（2）袁枚《随园记》作于乾隆十四年三月，记上说他的经过次序：（甲）买园，（乙）翻造，（丙）辞官，（丁）迁居。这许多事情必不是三个月所能做的，则买园当然在乾隆十四年之前。但十三年正是他修《江宁府志》的时候，志书局里的采访是很详的，曹家又是有名人家，如果他们有了这园，岂有不入志之理？他这部志我虽尚没有寓目，但看他《随园记》的不说，后来续纂府志的不载，便可推知他的志上也是没有的了。他掌了府志还不晓得，他住入了园内还不记上，而直等看见了《红楼梦》之后方说大观园即随园，这实在教人不能相信！明斋主人总评里说："袁子才诗话谓纪随园事，言难征信，……不过珍爱备至而硬拉之，弗顾旁人齿冷矣。"恐确是这个样子。（一九二一，六，二十四。）

他两信所说都很对，从此，《红楼梦》之在南京，已无确实的根据，除非拉些书中花草来作证。而这些证据底效力究竟是很薄弱的。因文人涉笔，总喜风华；况江南是雪芹旧游之地，尤不能无所怀忆。何必处处实写北地底尘土，方为合作。看全书八十回，涉及南方光景的，只有花草雨露等等，则中间的缘故也可以想像而得了。且我们更可以借作者底生平，参合书中所叙述，积极地证明《红楼梦》之在北京。

雪芹生年假定为一七二三，迟早也只在一两年之中。曹頫一七二八卸任后，当然北去，雪芹大约只有六岁上下；而书中宝玉入书时已十一二岁，我们若假定雪芹即宝玉，则《红楼梦》开场叙事，已在北京。证一。

书中凤姐说，早生二三十年就可以看见太祖皇帝仿舜巡的故事。太祖皇帝是指清康熙帝。我们若是坐定她说话时，是在康熙末次南巡后之二三十年（一七二七——一七三七）；则入书时极早曹頫适罢官，极迟曹家已搬回北京十年了（因隋赫德接曹頫之任在一七二八年）。以平均计算，大约在一七三二年左右，曹氏已早北去。证二。

故以书中主要明显的本文，曹氏一家底踪迹，雪芹底生平推较，应当断定《红楼梦》一书，叙的是北京底事。从反面看，却没有确切的保证，可以断定《红楼梦》是在南方的；袁枚底话是个大谎。本书中有些叙述，是作文弄姿，无甚深意的。

话虽这样说，我们现在从大体上，如此断定了；但究竟非无可怀疑的。我总觉得疑惑没有销尽，而遽下断语，是万分危险的。可疑的有好几项：（1）曹頫已免官北去，雪芹年甚幼小不过六七岁的孩子，怎么会有这样富贵温柔的环境，像书中所描写的？这一个疑问比较还容易解答。且看第二回中冷子兴说："古人有言，'百足之虫，死而不僵'。如今虽说不似先年那样兴盛，较之平常仕宦之家，到底气象不同。"这正如俗语所谓"穷穷穷，还有三条铜！"曹氏三世四任为江宁织造，兼巡盐御史，当清康熙物力殷足之时，免官之后自然还有余荫，可及子孙，怎么会骤穷起来？且曹家搬回之后，或在北京再兴旺几时，也未可知。看书中贾政甚得皇帝底赏识，曾放学差；或者曹頫也有这类经历，也很难说。（可惜曹頫自免织造任后，事迹无考，不能证实这层揣想。）即没有这事，雪芹做了几年的阔公子，也总是可能的①。

（2）但颉刚另表示一种疑惑，他说："曹家搬回北京后，已无袭职可言，为何书上犹屡屡说及这一回事？"（一九二一，六，十四，信。）这个姑留为悬案，我不愿强作解人。

（3）敦敏送雪芹诗有"秦淮残梦忆繁华"之句，敦诚寄怀雪芹诗有"扬州旧梦久已绝"之句；看他们所说的"旧梦""残梦"，似即指所谓"红楼梦"而言。但一个说秦淮，一个说扬州，好像《红楼梦》所说的事，是在这两处——江南、江北，——决不是在北京。如照我们这样说，雪芹五六岁随父北旋，则何所谓"忆繁华"？但诗人底说话本不可十分拘泥，雪芹底生平我们知道得很少，是否后来又作南游不得而知，所以暂时不能作答。

我底结论：《红楼梦》所记的事应当在北京，却参杂了许多回忆想像的成分，所以有很多江南底风光。

---

① 友人汪敬熙曾听他底父亲说，《红楼梦》中大观园遗址在北京西城，今为内务府塔氏之园，革命以后，曾有人进去看过。汪君之父，则听一苏君谈说如此。信否未可知，情理或有之，记此备考。

八十回后的红楼梦

　　《红楼梦》只有八十回，从戚蓼生、高兰墅以来，凡读《红楼梦》的人都说这书是没有完全。现存的《红楼梦》虽只有八十回，而《红楼梦》却不应当终于八十回；换句话说，即八十回以后应当还有《红楼梦》，只可惜实际上却找不出全璧的书，只有高鹗底续作一百二十回本，这自然不能使爱读《红楼》的人满意。这节小文专想弥补这个缺陷，希望能把八十回以后原来应有的面目显露一二。至于作者底残稿所谓后三十回，已见下卷另篇，可以参看。

　　曹氏为什么只做了八十回书便戛然中止？以我们揣想，是他在那时病死了。《红楼梦》到八十回并不成为一段落，以文章论，万无可以中止之理；可见那时必有不幸的偶然事发生，使著书事业为之中断。颉刚也这么揣想。他说：“……不久，他竟病死了，所以这部书没有做完。”（一九二一，五，十，信。）

讨论八十回后的《红楼梦》这问题，可依照八十回书中所记事实，大略分为四项：（一）贾氏，（二）宝玉，（三）十二钗，（四）众人。我逐一明简地去说明。有许多例证前已引过全文的，只节引一点。怀疑的地方也明白叙出，使读者知我所以怀疑之故。

（一）贾氏——贾氏后来是终于衰败，所谓"树倒猢狲散"，这是无可疑的。虽然以高鹗这样的名利中人，尚且写了抄家一事。至于高本以外的补本，在这一点上也相同，且描写得更凄凉萧瑟。这可谓"人有同心"了！所以大家肯公认这一点，没有疑惑，是因八十回中底暗示太分明了，使人无可怀疑；且文章一正一反也是常情，可以不必怀疑。既然如此，似乎在这里可以不必多说，我们看了高本，便可以知原本之味。但在实际上却没有这样简单。

贾氏终于衰败虽确定了，但怎样地衰败？衰败以后又怎么样？却并没有因此决定。贾家是怎样地衰败的？这有两个可能的答语：（1）渐渐的枯干下去，（2）事败罹法网，如抄家之类。我们最初是相信第一个解答，最近才倾向于第二个了。要表示我们当时的意见，最好是转录那时和颉刚来往的信。我当初因欲求"八十回后无回目"这个判断底证据，所以说：

抄家事闻兄言无考，则回目系高补，又是一证。（一九二一，五，四，信。）

颉刚后来又详细把他底意见说了一番：

贾家的穷，有许多证据可以指定他不是由于抄家的：

（1）"如今生齿日繁，事务日盛，主仆上下，安富尊荣的尽多，运筹谋画者无一；其日用排场费用，又不能将就省俭，如今外面的架子虽未甚倒，内囊却也尽上来了。"（第二回，冷子兴对贾雨村说的话）

（2）林黛玉常听得母亲说，他外祖母家与别家不同。他近日所见的这几个三等仆妇，穿吃用度，已是不凡。（第三回）

（3）贾宅族中凡有的子侄……都是那些纨绔气习……今日会酒，明日观花，甚至聚赌嫖娼无所不至。（第四回）

（4）"外面看着虽是烈烈轰轰，不知大有大的难处，说与人也未必信呢。"（第六回，凤姐对刘姥姥说）

（5）可卿死后，贾珍拍手道："如何料理，不过尽我所有罢了！"又贾珍托凤姐办丧事说："只求别存心替我省钱，要好看为上。"（第十三回）

（6）平儿向凤姐说，"我们二爷那脾气，油锅里的还要捞出来花呢！"（第十六回）

（7）赵嬷嬷道，"咱们贾府正在姑苏扬州一带监造海船，修理海塘，只预备接驾一次，把银子化的象淌海水似的！"（第十六回）

（8）贾妃在轿内看了此园内外光景，因点头叹道："太奢华过费了！"……贾妃极加奖赞，又劝以后不可太奢了，此皆过分。……贾妃……再四叮嘱："倘明岁天恩仍许归省，不可如此奢华靡费了！"

由以上八条归纳起来，贾家的穷不外下列几项缘故：

（甲）排场太大，又收不小；外貌虽好，内囊渐干。（1）（2）（4）

（乙）管理宁府的贾珍，管理荣府的贾琏，都是浪费的巨子。其他子弟也都是纨绔气习很重。一家中消费的程度太高，不至倾家荡产不止。（3）（5）（6）

（丙）为皇室事件耗费无度。（7）（8）

所以贾氏便不经抄家，也可渐渐的贫穷下来。高鹗断定他们是抄家，这乃是深求之误。（一九二一，五，十七，信。）

但他后来渐渐觉得高氏补这节是不很错的，虽然仍以为原书不应有抄家这件事，他说：

> 籍没一件事虽非原书所有，但书上衰败的预言实在太多了；要说他们衰败的状况，觉得渐渐的干枯不易写，而籍没则既易写，又明白：高鹗择善而从，自然取了这一节。（一九二一，六，十，信。）

我在六月十八日复他一信，赞成他底意见。这时候，我们两人对于这点，实在是骑墙派；一面说原书不应有抄家之事，一面又说高鹗补得不坏。以现在看去，实在是个笑话。我们当时所以定要说，原书不写抄家事，有两个缘故：（1）这书是纪实事，而曹家没有发见抄家的事实（以那时我们所知）。（2）书中并无应当抄家之明文。至于现在的光景，却大变了，这两个根据已全推翻了，我们不得不去改换以前的断语。

现在我们得从三方面去观察这个问题。（1）从本书看，（2）从曹家看，（3）从雪芹身世看。若三方面所得的结果相符合，便可以断定"书中贾氏应怎样衰败"这个问题。我们知道，从本书看，确有将来事败抄家这类预示，且很觉明显不烦猜详。（所引各证见上卷《高鹗续书底依据》及下卷《后三十回的红楼梦》）我们又知道，曹家虽尚未发见正式被抄没的证据，但类似的事项却已有证。如谢赐履的奏折中提及两事：一是停止两淮应解织造银两；一是要曹頫赔出本年已解的八万一千余两。

我们如考察雪芹底身世也可以揣测他家必遭逢不幸的变局，使王孙降为寒士，虽然不一定是抄家。我们知道，雪芹幼年享尽富贵温柔的人间福分，所以才有《红楼梦》（看书中的宝玉便知）；但在中年（三十多岁）已是赤穷，几乎不能度日了。敦诚寄怀雪芹诗，在一七五七年，中已有"于今环堵蓬蒿屯"之句，可见他已落薄很久了（如假定雪芹生于一七二三，到敦诚作诗时，雪芹年三十五）。后来甚至于举家食粥（一七六一，敦诚赠诗），则家况之贫寒可知。但曹氏世代簪缨，曹雪芹之父尚及身为织造，怎么会在十多年之内，由豪华骤转为寒酸，由吃莲叶羹的人降为举家食粥？要解释这个，自然不便采用"渐渐枯干"这个假定。虽然"渐渐枯干"，也未始不可使他由富贵而贫贱；但总不如假定有抄家这么一回事，格外圆满、简捷。我总不甚相信，在短时期内，如不抄家，曹家会衰败到这步田地。况且本书上明示将有抄家之事，尤不容有什么疑惑。上边颉刚所归纳的三项，也是实有的现象，但书中贾氏底衰败，并不以此为惟一的原因，也不以此为最大的原因。最大的原因还是抄家。因为"渐渐枯干"与抄家是相成而不相妨的。我们总不能说，如是由于抄家便不许有渐渐枯干这类景象，或者有了渐渐枯干的景象，便不许再叙抄家事。我以为《红楼梦》中的贾氏，在八十回中写的是渐渐枯干，在八十回后便应当发见抄家这一类的变局，然后方能实写"树倒猢狲散""食尽鸟投林"这种的悲惨结果，然后宝玉方能陷入穷境，既合书中底本旨，也合作者底身世。

这样看来，原书叙贾氏底结局，大致和高本差不多，只是没有贾氏重兴这回事。我们本来还有一点没有正式提到，就是衰败以后怎么样？这可以不必讨论，从上边看，读者已知道，衰败便是衰败，并没有怎么样。高鹗定要把贾氏底气运挽回来，实在可以不必，我已在《后四十回底批评》中详说了。

（二）宝玉——因为"红楼"本是一梦，所以大家公认宝玉必有一种很大的变局在八十回以后。这一点是共同的观察，可以不必怀疑讨论。但变局是什么？却不容易说了。以百年来大家所揣测的，只有两种：（1）穷愁而死，（2）出家。如联合起来还有一种：（3）穷愁而后出家。

究竟这三种结局，是那一种合于作者底原意，我们无从直接知晓。我们只可以从各方面去参较，求得较逼近的真实；如此便算解决了。我最初是反对高鹗底写法——宝玉出家——以为宝玉应终于贫穷。我对颉刚说：

> 我想《红楼》作者所要说的，无非始于荣华，终于憔悴，感慨身世，追缅古欢，绮梦既阑，穷愁毕世。宝玉如是，雪芹亦如是。出家一节，中举一节咸非本旨矣。盲想如是，岂有当乎？（一九二一，四，二七。）

> 由盛而衰，由富而贫，由绮腻而凄凉，由骄贵而潦倒，即是梦，即是幻，即是此书本旨，即以提醒阅者（第一回）；过于求深，则反迷失其本旨矣。我们总认定宝玉是作者自托，即可以雪芹著书时的光景，悬揣书中宝玉应有的结局。……究竟此种悬想是否真确，非有他种证明不可，现在不敢确说。（一九二一，五，四。）

我当时所持的最大理由，是宝玉应当贫穷，在书中有明文（第三回，宝玉赞），而雪芹也是贫穷的，更可为证。当时却不曾全然说明书中相反的暗示（宝玉出家），只勉强解释了几个，中间有些遁词。颉刚先是赞成我这一说的，后来却另表示一种很好的意见，我于是即被他说服了。我们来往的信上说：

红楼梦研究

曹雪芹想像中贾宝玉的结果，自然是贫穷，但贫穷之后也许真是出家。因为甄士隐似即是贾宝玉的影子——（一）"秉性恬淡，不以功名为念。"（二）到太虚幻境，扁额对联都与宝玉所见同。（三）"封肃便半用半赚了，略与他些薄田破屋。士隐乃读书之人，不惯生理稼穑等事，强勉支持一二年，越发穷了。"（四）他注释《好了歌》云："陋室空堂，当年笏满床；……绿纱今又糊在蓬窗上。……"——甄士隐随着跛足道人飘飘去了，贾宝玉未必不随一僧一道而去。要是不这样，全书很难煞住，且起结亦不一致。所以高鹗说宝玉出家，未必不得曹雪芹本意。宝玉不善处世，不能治生，于是穷得和甄士隐的样子，"暮年之人，贫病交攻，竟渐渐的露出那下世的光景来"；于是"眼前无路想回头"，有出家之念。（一九二一，五，十七，颉刚给我的信。）

论宝玉出家一节见地甚高，弟只见其一未见其二也。贫穷与出家原非相反，实是相因；出家固不必因贫穷，但贫穷更可引起出家之念。甄士隐为宝玉之结果一影，揆之文情，自相吻合。雪芹自己虽未必定做和尚，但也许有想出家的念头；我们不能因雪芹没出家便武断宝玉也如此。……我们不必否认宝玉出家，我们应该假定由贫穷而后出家。（一九二一，五，二十一，复颉刚信。）

这明是从（1）说（终于贫穷）变成（3）说（贫穷后出家）底信徒了。我当时所以改变，一则由于宝玉出家，书中明证太多，没法解释；（《高鹗续书底依据》一文中，约举已有十一项，恐还不能全备。）二则若不写宝玉出家事，全书很难结束，只是贫穷，只是贫穷，怎么样呢？且与开卷引子不相照应，文局也嫌疏漏。我因这两层考虑，就采用了颉刚底意见。

我后来在有正本评中发见后三十回的《红楼梦》，那时还以为亦是续书之一，见《红楼梦辨》。经过数十年发见许多新材料，证明这就是作者未完的残稿。从这残本里知道宝玉确是贫穷之后再出家，证实我们当时的揣想，这是我们所最高兴的。我现在将三说分列如下：

（1）贫穷不出家——所谓旧时真本及我底初见。
（2）出家不贫穷——高鹗四十回本。
（3）贫穷后出家——我们底意见，作者残稿证明之。

在《红楼梦辨》曾说："只好请作者来下判断。"现在果然判决了。雪芹以穷愁而卒，并没有做和尚，这未始不是（1）说底护符。但我们始终以为行文不必凿方眼，雪芹虽没有真做和尚，安见得他潦倒之后不动这个心思？又安见得他不会在书中将自己底影子——贾宝玉——以遁入空门为他底结局？所以雪芹虽没有出家，而我们却偏相信宝玉是出家的。这是违反了逻辑底形式，但我们思想底障碍便是这个形式。因为形式是死的，简单的，事实是活的，复杂的；把形式处处配合到事实上，便是一部分思想谬误底根源。

（三）十二钗——名为十二钗，这儿可以讨论的结局，实只有十一人，因秦可卿死于第十三回，似不得在此提及。且秦氏结局作者已写了，更无揣测底必要。我另有一短篇，专论秦氏之死。

论十二钗底结局是很烦琐，且太零碎了，恐不易集中读者底注意。现在我把十一人底结局分为三部分论列。那三部呢？（甲）无问题的，（乙）可揣测的，（丙）可疑的。（甲）部底结果大致与高本所叙述差不多，相异只在写法上面。（乙）、（丙）两部问题很多，而（丙）更觉纠葛。

（甲）无问题的——共有七人：元春、迎春、探春、惜春、李纨、黛玉、妙玉。怎么说是无问题呢？因他们底结局，在八十回中，尤其在第五回底册子曲子中，说得明明白白。即高鹗补书也没有大错，不足以再引人起迷惑。所谓无问题底意义，就是结局一下子便可直白举出，不必再罗列证据、议论。且有些证据，已在《高鹗续书底依据》一文中引录，自无重复底必要。我用最明简的话断定如下：

元春早卒，迎春被糟蹋死，探春远嫁，惜春为尼，李纨享晚福，宝钗嫁宝玉后，宝玉出家，黛玉感伤而死，妙玉堕落风尘。

这八人中又应当分为两部分：（1）无可讨论的，（2）须略讨论的。无问题而须讨论，这不是笑话吗？但我所谓无问题是说没有根本的问题须解决，并不是以为连一句话都不消说得。以我底意见，元春迎春宝钗应入（1）项，以外的五人可归入（2）项。（1）项可以不谈，我们只说（2）项。

探春底册子、曲子、灯谜、柳絮词都说得很飘零感伤的；所以她底远嫁，也应极飘泊憔悴之至，不一定嫁与海疆贵人，很得意的，后来又归宁一次，出跳得比前更好了。（高氏底写法）因为这样写法，并没有什么薄命可言；为什么她也入薄命司？（第五回）惜春底册子上画了一座大庙，应当出家为尼，不得在栊翠庵在家修行。

看李纨底终身判语，有"珠冠凤袄""簪缨""金印""爵禄高登"等语，可见她底晚来富贵，又不仅如高氏所言，贾兰中举而已。又曲子上说，"抵不了无常性命"，"昏惨惨黄泉路近"等语，似李纨俟贾兰富贵后即卒，也并享不了什么福。这一点高本简直没有提起。

黛玉因感伤泪尽而死，各本相同，无可讨论。只是高鹗写"泄机关颦儿迷本性"一回，却大是赘笔，且以文情论亦复不佳，从八十回中看，并无黛玉应被凤姐宝钗等活活气死的明文，所以高鹗底写法，我认为无根据，不可信。我觉得以黛玉底多愁多病，自然地也会夭卒的，不一定因为宝钗成婚而死，高氏所写未免画蛇添足，且文情亦欠温厚蕴藉。这虽没有积极的确证，但高作本未尝有确证。

妙玉是后来"肮脏风尘"的，高鹗写她被劫被污，也不算甚错。但作者原意既已实写了贾氏底凋零，一败而不可收拾；则妙玉不必被劫，也可以堕落风尘。所以高氏写这一点，我也认为无根据。妙玉后来在风尘中，我们知道了，承认了；但怎样地落风尘，我们却老老实实不知道，即使去悬揣也是不可能。

（乙）可揣测的——凤姐，她女儿巧姐。所谓"可揣测"，是什么意义？就是说八十回中虽有确定的暗示，但我们却不甚明了他底解释；所以一面不能断定她们底结局，在另一面又不能说是"可疑"。这是（甲）（丙）两项底中间型；是可以悬拟，不可以断言的；是可以说明，不可以证实的。我们姑且去试一试，先把假定的判断写下来。

　　凤姐被休弃返金陵，巧姐堕落烟花被刘姥姥救出。

当然，不消再说得，这判断是不确定，不真实的；只是如不写下来，恐不便读者底阅览，使文章底纲领不明。我先说凤姐之事，然后再说到她底女儿。

　　凤姐被休，书中底暗示不少，举数项如下：

　　（1）册词云："一从二令三人木，哭向金陵事更哀。"

　　（2）第二十一回，贾琏说："多早晚才叫你们都死在我手里呢。"

　　（3）第六十九回，（戚本）贾琏哭尤二姐说："终究对出来，我替你报仇。"

　　（4）第七十一回，邢夫人当着大众，给凤姐没脸。

上列几项如综括起来，则（2）（3）是不得于其夫，（4）是不得于其姑，都是被休底因由，而（1）项尤为明证。"人木"似乎是合成一个"休"字，但因全句无从解析，姑且不论。即"哭向金陵事更哀"一语，即足以为证而有余。我们既知道，贾家是在北京，则凤姐如何会独返金陵？如说归宁，何谓"哭向"？何谓"事更哀"？高鹗说她是归葬金陵，也不合情理，我在《后四十回底批评》已加驳斥了。

因为要解释所谓"返金陵"，只有被休这一条道路；且从八十回所叙之情事看，凤姐几全犯所谓"七出之条"，而又不得于丈夫翁姑，情节尤觉吻合。我敢作"被休弃返金陵"这个假设的断案，以此。但为什么始终不敢断言呢？这是因"一从二令三人木"句，无从解释；一切的证据总不能圆满之故。这是没有法子的事情，只得存疑了。

巧姐遭难被刘姥姥救去，这是从八十回去推测可以知的，高鹗且也照这个补书；所以实在可说是无问题。我所以把她列入（乙）项，只因为我有一点新见，愿意在这里说明。

依高鹗写，巧姐是将被她底"狠舅奸兄"卖与外藩做妾，而被刘姥姥救了去，住在村庄上，后来贾琏回家，将她许配与乡中富翁周氏；这实在看不出怎么可怜，怎么薄命。巧姐到刘姥姥庄上，供养得极其周备，后来仍好好地回家，父女团圆。

这不知算怎么一回事！高先生底意思可谓奇极！

依我说，巧姐应被她底"狠舅奸兄"卖了；这时候，贾氏已凋零极了，凤姐已被休死了，所以他们要卖巧姐，竟无有阻碍，也无所忌惮。巧姐应被卖到娼寮里，后来不知道怎样，很奇巧的被刘姥姥救了，没有当真堕落到烟花队里。这是写凤姐身后底凄凉，是写贾氏末路底光景，甚至于赫赫扬扬百年鼎盛的大族，不能荫庇一女，反借助于乡村中的老妪。这类文情是何等的感慨！

我这段话，读者必诧异极了，以为这无非全是空想，却说得有声有色，仿佛苏州话"像煞有介事"，未免与前边所申明的态度不合了。其实我所说的，自然有些空想的分子，但证据也是有的。容我慢慢地说。读者没有看见第一回《好了歌注》吗？中间有一句可以注意。

择膏粱，谁承望流落在烟花巷。

这说的是谁？谁落在烟花巷呢？不但八十回中没有，即高本四十回中也是没有的。这原不容易解释。意思虽一览可尽，但指的是谁，却不好说。依我底揣摩，是指巧姐。"择膏粱"之"择"字，当读如"择对"之择。这句如译成白话，便是"富贵家的子弟来说亲事，当时尚且要选择，谁知道后来她竟流落在烟花巷呢！"这个口气，明指的是巧姐。因她流落在烟花巷里，所以有遇救的必要，所以叫做"死里逃生"。若从高氏说，巧姐将卖与外藩为妾，邢夫人不过一时被蒙，决不愿意把孙女儿作人婢妾，这事底挽回，何必刘姥姥？高氏所以定要如此写，其意无非想勉强照应前文，在文情决非必要。可知作者原意不是如此的。而且，关于巧姐事，八十回中屡明点"巧"字，则巧姐必在极危险的境遇中，而巧被刘姥姥救去。高本所写，似对于"巧"字颇少关合。我底揣想如此。

（丙）可疑的——湘云。湘云的结局本很可疑。我在旧本《红楼梦辨》曾列举四说：

（一）湘云嫁后（非宝玉，亦不关合金麒麟）丈夫早卒，守寡。（高鹗本）

（二）湘云嫁宝玉，流落为乞丐，在贫贱中偕老。（所谓旧时真本）

（三）湘云嫁后结果不明。（非宝玉，关合金麒麟）（后三十回）

（四）湘云嫁后夭卒。（非宝玉，不关合金麒麟）（顾颉刚说）

后来知道后三十回即曹雪芹底原稿，又知道湘云嫁了卫若兰，串合了金麒麟，自当以第三说为正，可以说大体已解决了，所以本来有些话尽可删去。

湘云从八十回里看原来是不嫁宝玉的。顾颉刚说：

> 史湘云的亲事，三十一回，王夫人道，"前日有人家来相看，眼见有婆婆家了。"三十二回，袭人说，"大姑娘，我听前日你大喜呀。"可见湘云自有去处。

引证极明，不烦再说，可怪的是第五回十二钗册子《红楼梦》曲子跟第三十一回回目底冲突。册子上说，"展眼吊斜晖，湘江水逝楚云飞。"曲子上说，"斯配得才貌仙郎，博得个地久天长……终久是云散高唐，水涸湘江。"第三十一回回目却作"因麒麟伏白首双星"。这有两个暗示：（1）因金麒麟而伏有姻缘，这因发见作者未完的书而解决了。（2）是白头偕老的姻缘，这不但不合册子曲文的预见，况且当真如此，史湘云根本不当入薄命司了。所以顾颉刚说，无论湘云早卒或守寡总是个不终的夫妇，怎么能说白首双星。只能假定为原作底自己矛盾，或者回目的措语失检了，至于第三十一回的目另有一个很特别的解释，但我们亦不能深信①。

（四）杂说众人——本书最重要的事实，已在上三部中约略包举。现在说到一些零碎的事情。现在把宝玉、十二钗以外的众人底事情，我以为须更正高本底错误的，分为两项：（甲）贾氏诸人，（乙）又副册中底人物。

贾氏诸人可以略说的——因为略有些关系——只有邢夫

---

① 第三十一回之目后来我受他人底启示，方得到一个新解释，虽然我也不知道是不是。现在姑且写下，供读者参考。依他说，此回系暗示贾母与张道士之隐事，事在前而不在后。所谓"白首双星"即是指此两老；所谓"因""伏""麒麟"，即是说麒麟本是成对的，本都是史家之物，一个始终在史家，后为湘云所佩，一个则由贾母送与张道士，后入宝玉手中。因此事不可明言，故曰"伏"也。此说颇新奇，观之本书，亦似有其线索，试引如下：

张道士……是当日荣国公的替身……他又常往两府里去的，凡夫人小姐都是见的。

张道士……说着，两眼流下泪来。贾母听了，也由不得满脸泪痕。

贾母因看见有个赤金点翠的麒麟，便伸手拿起来笑道："这件东西好像是我看见谁家的孩子也戴着一个的。"（以上均见第二十九回）

翠缕与湘云论阴阳之后，湘云瞧麒麟时，伸手擎在掌上，只默默不语，正自出神。（第三十一回）

湘云见物默默出神，史太君与张道士说话下泪，这空气似乎有些可怪，不像平常的叙述法。如依此说解释第三十一回之目，则湘云之结局，既不必嫁宝玉，亦不必关合金麒麟，大约是嫁后早卒，一面应合册子曲子底暗示，一面不妨碍回目之文。于是我们两人念念不忘的问题，"湘云底结局总是个不终的夫妇，怎么能白首双星？"简直是不成问题了。

但这全是一面之词，未为定论。颉刚也说："新解似乎有些附会，不敢一定赞成。"

人、贾环、赵姨娘。以外那些不相干的，自然不应当浪费笔墨。我们先说邢夫人与凤姐底关系。我以为贾母死后，邢夫人与凤姐必发生很大的冲突，其结果凤姐被休还家。这也是八十回后应有的文章。

从书中我们知道凤姐是邢夫人之媳，而王夫人之内侄女。因贾母在堂，所以两房合并，王夫人与凤姐掌握家政，而邢夫人反落了后。贾母死后，凤姐当然得叶落归根，回到贾赦这一房去，并不能终始依附王夫人。书中曾明说过应有这么一回事。

> 平儿道："何苦来操这心！……依我说，纵在这屋里（王夫人处）操上一百分心，终久是回那边屋里去的（邢夫人处）。……"（第六十一回）

这已无可疑了。但凤姐回到那边屋里以后，又怎么样呢？以我揣想，应和邢夫人发生大冲突。怎么知道呢？从八十回中推出来的。我们看，凤姐平素作威作福，得罪了多少奴仆，而邢夫人又是禀性愚弱，多疑的人（第四十六、第五十五、第七十一回）；两方面凑合，那些奴仆岂有不去在邢夫人面前搬弄是非的理？贾氏那些奴仆底恶习，凤姐说得最明白："坐山看虎斗，借刀杀人，引风吹火，站干岸儿，推倒油瓶不扶，都是全

红楼梦研究

挂子的武艺。"（第十六回）在这样空气下边，贾母死后，凤姐失势，自然必当有恶剧才是。而且，邢夫人和凤姐底冲突，贾母在时，八十回中已见端倪了。

嫌隙人有心生嫌隙。（第七十一回目录）

邢夫人自为要鸳鸯讨了没意思，贾母冷淡了他……自己心内，早已怨忿；又有在侧一干小人，心内嫉妒，挟怨凤姐，便挑唆得邢夫人着实憎恶凤姐。

鸳鸯说："……那边大太太，当着人给二奶奶没脸。"（均见第七十一回）

这三节话，简直就是我上边所说的证据。邢夫人果然是因小人底挑唆，着实憎恶凤姐，果然是故意与凤姐为难。贾母在日，凤姐得势之时尚且如此，则贾母身后，凤姐无权之时，又将如何？其必不会有好结果，亦可想而知的。且贾琏因尤二姐之死，本有报仇底意思（第六十九回），再重之以婆媳交哄，岂有不和凤姐翻脸的？凤姐既身受两重的压迫，又结怨于家中上下人等（如赵姨娘、贾环等），贾母死了，王夫人分开了，则被休弃返金陵，不但是可能，简直是必有的事情。册子上一座冰山，是活画出墙倒众人推的光景。而与邢夫人交恶一事，是冰山骤倒底主因之一。

我们再说贾环、赵姨娘与宝玉之事。我也以为八十回后必不能没有这一场恶剧。颉刚也曾经有这见解。他说：

> 我疑心曹雪芹的穷苦，是给他弟兄所害，看《红楼梦》上，个个都欢喜宝玉，惟贾环母子乃是他的怨家；雪芹写贾环，也写得卑琐猥鄙得很；可见他们俩有彼此不相容的样子，应当有一个恶果。但在末四十回里，也便不提起了。
>
> 宝玉那时，不相容的弟兄握了势可以欺他了，庇护他的祖母也死了，他又是不懂世故人情，不会处世，于是他的一房就穷下来了。（一九二一，五，十，信。）

颉刚已代我说了许多话，我只引几节八十回中底话来作证就完了。凡一部有价值的文学书籍，必不会有闲笔，必不肯敷衍成篇。以《红楼梦》这样的精细，岂有随便下笔，前后无着落之理？我们只看八十回中写贾环母与宝玉生恶感这类事情，写得怎样地出力，便知道必有一种关照在后面。若不如此，这数节文章，便失了意义，成为无归的游骑了。我觉得一部好的文学，便是一队训练完备布置妥帖的兵，决不许露出一点破绽，在敌军底面前。

宝玉与贾环母子底仇怨，八十回中屡见：如第二十回贾环说宝玉撵他；第二十五回，贾环将蜡烛向宝玉脸上推；第三十三回，贾环在贾政前揭发宝玉底阴私，使他挨打。但最明显，一看便知道必有后文的，是第二十五回，"魇魔法叔嫂逢五鬼"。这回底色彩在八十回最为奇特，决非随意点缀的闲文可比。我引几节最清楚的话：

赵姨娘听了答道："罢！罢！再别提起！如今就是榜样儿。我们娘儿们跟得上这屋里那一个儿？"

"怎么暗里算计？我倒有个心，只是没这样的能干人。"

"……难道就眼睁睁的看人家来摆布死了我们娘儿两个不成？"

"果然法子灵验，把他两人绝了，这家私还怕不是我们的？"

这四节赵姨娘底话，表现他们所以要害宝玉底缘故，十分明白。（凤姐将来被休时，从这里看，也应当受贾环母子底害。）（1）因自己不如人，而生嫉妒。（2）我不害人，人将害我，不能相容。（3）如害了宝玉，偌大家产便归于贾环之手。有这三个因，于是贾环母子时时想去算计宝玉。赵姨娘幸灾乐祸的心理也在第二十五回里表出。

> 赵姨娘在旁劝道："……哥儿已是不中用了，不如把哥儿的衣服穿好，让他早些回去，也免得他受些苦；……"

以这种"祸起萧墙"的空气，等贾母死后，自无不爆发之理。可见颉刚底悬揣，是大半可信的。我在这里，又联想到贾氏底败，其原因不止一桩；约略计来，已有大别的三项：（1）渐渐枯干——上文颉刚所举示的各证。（2）抄家——我所举示的各证，及上文底情理推测，曹家事实底比较。（3）自杀自灭——如这儿所说的便是。而第七十四回探春语尤为铁证。

> "可知这样大族人家，若从外头杀来，一时是杀不死的！这可是古人说的，百足之虫死而不僵，必须先从家里，自杀自灭起，才能一败涂地呢！"

这是很明显的话。她上面说"抄家"，下面接着说"自杀自灭"，上面说"先从"，下面说"才能"；可见贾氏底衰败，原因系复合的，不是单纯的。我以为应如下列这表，方才妥善符合原意。

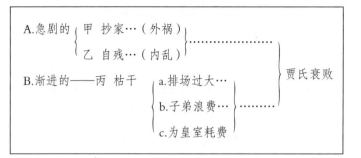

从上表看，像高氏所补的四十回，实在太简单了。这些话原应该列入第一项中说，在这儿是题外的文章；但我因从贾环母子与宝玉冲突一事，又想到这一段意思，便拉杂地写下来。好在只在一文中间，前后尽可以参看的。

贾氏诸人底结局中贾兰是很分明的，在李纨底册子曲子上面，明写他大富大贵。我以为贾兰将来应是文武双全的，不应仅仅中举人。不但是第五回所暗示的如此；即第二十六回，宝玉看见他射鹿，问他做什么，贾兰回说，演习骑射，也是一证。本来满洲是尚弓箭的，贾兰将来文武双全，也是意中的事。但这一点，如原本果真这么写去，却没有什么好；因为太富贵气了。这倒很像高氏底笔墨；但高鹗在这里偏又不这么写，不知又为了什么？

以外又副册中人物，我所知道的离完竟很远，现在只挑些可说的说。因为不关重要，所以也简单地说。

（1）香菱是应被夏金桂磨折死的。第五回的"十二钗又副册"上写香菱结局道："根并荷花一茎香，平生遭际实堪伤。自从两地生孤木，致使芳魂返故乡。"①两地生孤木，合成"桂"字。此明明说香菱死于夏金桂之手，故第八十回说香菱"血分中有病，加以气怨伤肝，内外挫折不堪，竟酿成干血之症，日渐羸瘦，饮食懒进，请医服药无效"。可见八十回的作者明明要香菱被金桂磨折死的。

（2）小红应当和贾芸有一个结局。顾颉刚说：

　　　　小红事，我从"遗帕惹相思"数回看来，似乎应和贾芸有些瓜葛，但后来竟不说起。似乎是一漏洞。（一九二一，五，二十六，信。）

小红在后四十回中虽屡见（第八十八、第九十二、第一百一、第一百十三各回），但只和丰儿当了凤姐底小丫头，毫不重要。即第八十八回，和贾芸捣了一回鬼，以后也毫无结局，可见高鹗确是没注意到她。且所以遗漏了她底结局，或者他因为

------

　　　① 现在一般的本子，香菱在副册，我据脂本，知道她应在又副册，详见下卷。

不知道应当怎样写法？即我们现在对于这点也是不知道的。颉刚只说，应有些瓜葛。究竟瓜葛是什么？他没有说，我也说不出来。只好请雪芹自己说罢。

（3）鸳鸯不必定是缢死。这是消极的话。我并不知道她底结局，究竟是的确怎样（虽然大概可以知道），只觉得高氏补这节文字，不免有些武断，虽不一定就是错误。鸳鸯底结果底暗示，如下：

鸳鸯冷笑道："……纵到了至急为难，我剪了头发，做姑子去。不然，还有一死！……"

"我也不跟着我老子娘哥哥去，或是寻死，或是剪了头发，当姑子去。"（均见第四十六回）

她明是出家与自尽双提，在第一节中，似以当姑子为正文，而自尽是不得已的办法。即后来当着贾母剪发，也是出家底一种表示。不知高氏何以会知道她定是缢死的？这明是一种武断。我们作八十回后底揣测，便应当排斥这种武断，而使鸳鸯底结局悬着，庶不失作者底本意。

（4）麝月是跟随宝玉最后的一人。这层意思，现在只把明证写下来。

> 麝月便擎了一根出来，大家看时，上面一枝荼蘼花，题着"韶华胜极"四字；那边写着一句旧诗，道是："开到荼蘼花事了。"注云："在席各饮三杯送春。"（第六十三回）

麝月将为群芳之殿，于此可见。我疑心敦诚所谓"新妇飘零"或就是指的她。（原诗见《四松堂集》，《努力》第一期所引）但这亦是瞎猜，只供读者底谈助而已。

（5）袭人应是个负心人，她嫁蒋玉菡应为宝玉所及见。这也在后文尚有论到的。现在举证列下，而分论之。

> （甲）"这袭人有些痴处：伏侍贾母时，心中眼中只有一贾母；今跟了宝玉，心中眼中又只有一个宝玉。"（第三回）

这可谓绝妙的形容。换句话说，便是"见一样爱一样"，"得新忘旧"的脾气。这就是将来作负心人底张本。这儿把她底性格写得如此轻薄，反说是"有些痴处"，可谓蕴藉之至。我想，这文还没有完全，应当补上一句："将来跟了蒋玉菡，心中眼中只有一个蒋玉菡。"但如此暴露，恐非作者所许的。

（乙）袭人底册词是："枉自温柔和顺，空云似桂如兰。堪羡优伶有福，谁知公子无缘？"（第五回）

这几个契合词，已把袭人底负心，完全地写出了。

（丙）自晴雯被逐，宝玉渐渐厌弃袭人，有好几处，而最清楚的是：

宝玉笑道："你是头一个出了名的至善至贤的人……焉得有什么该罚之处？只是芳官尚小，过于伶俐，未免倚强压倒了人，惹人厌。四儿是我误了他。还是那年我和你拌嘴的那日起，叫上来做细活的，众人见我待他好，未免夺了地位，也是有的；故有今日。只是晴雯，也和你们一样，从小在老太太房里过来的。虽生得比人强，也没什么妨碍着谁的去处。就只是他性情爽利，口角锋芒；究竟也没得罪那一个。可是你说的——想是他过于生得好了，反被这个好带累了！"说毕，复又哭起来。袭人细揣此话，直是宝玉有疑他之意，竟不好再劝，因叹道："天知道罢了！此时也查不出人来了，白哭一会子，也无益了！"（第七十七回）

"孰料鸠鸩恶其高，鹰鸷翻遭罦罬。薋葹妒其臭，茝兰竟被芟锄。花原自怯，岂奈狂飙？柳本多愁，何禁骤雨？偶遭蛊蛊之谗，遂抱膏肓之疾。……诼谣诟，出自屏帷；荆棘蓬榛，蔓延窗户。既怀幽沈于不尽，复含罔屈于无穷。高标见嫉，闺闱恨比长沙；贞烈遭危，巾帼惨于雁塞……呜呼！固鬼蜮之为灾，岂神灵之有妒？毁诐奴之口，讨岂从宽？剖悍妇之心，忿犹未释！……"（第七十八回，宝玉祭晴雯，作的《芙蓉女儿诔》。）

这两节话是何等的感慨！对袭人这节话，简直是字字挟风霜之势，说得声泪俱下，把袭人底假面具揭得不留丝毫余地。所以袭人也无可再辩，只付之于"天"作为遁词。如袭人这种伎俩，又岂可以瞒过聪明绝顶的贾宝玉？

从上三项，归纳起来，袭人底改嫁有两个原因：（1）她底负心，因宝玉底贫穷。（2）宝玉厌恶袭人。但她底改嫁，是在宝玉出家之前，或在其后？以我说，应在其前。因如高本所写，宝玉失踪以后，袭人再去改嫁，似亦不得谓之负心。（高氏是抱狭义贞操观念的，所以在书末深贬斥她。）必宝玉落薄之后，未走以前，袭人即孑然远去，另觅高枝，这才合淋漓尽致的文情。高氏所以不能如此写，正因为不写宝玉贫穷之故；我们知道后三十回，一方写宝玉贫穷，一方即写袭人嫁在宝玉出走之先；这可以见这两事底相关。

　　　　　　　　　　　　红楼梦研究

本书八十回后底事实，我底猜测已在这四项中包举，作者本来还有些遗文可考见的，均详另文中。

本论已将终了，却还有些零碎的顽意，现在也写下来，作为收场。第五回，《红楼梦曲》，最后的一支是《飞鸟各投林》，世人对于这曲底解释往往错了。我把我底意见申说一番。现在先把原文录下，即依我底解释作句读。

《飞鸟各投林》——"为官的，家业凋零；富贵的，金银散尽；有恩的，死里逃生；无情的，分明报应；欠命的，命已还；欠泪的，泪已尽；冤冤相报实非轻；分离聚合皆前定；欲知命短问前生；老来富贵也真侥幸；看破的，遁入空门；痴迷的，枉送了性命：好一似食尽鸟投林，落了片白茫茫大地真干净！"

我说明之如下（一九二一年五月十三日给颉刚的信）：

十二钗曲末支是总结；但宜注意的，是每句分结一人，不是泛指，不可不知。除掉"好一似"以下两读是总结本折之词，以外恰恰十二句分配十二钗。我姑且列一表给你看看。你颇以为不谬否？（表之排列，依原文次序。）

（1）为官的家业凋零——湘云

（2）富贵的金银散尽——宝钗

（3）有恩的死里逃生——巧姐

（4）无情的分明报应——妙玉

（5）欠命的命已还——迎春

（6）欠泪的泪已尽——黛玉

（7）冤冤相报实非轻——可卿

（8）分离聚合皆前定——探春

（9）欲知命短问前生——元春

（10）老来富贵也真侥幸——李纨

（11）看破的遁入空门——惜春

（12）痴迷的枉送了性命——凤姐

这个分配似乎也还确当。不过我很失望，因为我们很想知道宝钗和湘云底结局，但这里却给了她们不关痛痒这两句话，就算了事。但句句分指，文字却如此流利，真是不容易。我们平常读的时候总当他是一气呵成，那道这是"百衲天衣"啊！①

---

① 这曲文分配十二钗虽然很巧，却未必很对，特别开首两句，一指湘云，一指宝钗，未免牵强。所以说"我很失望"。脂甲戌本评把"为官的""富贵的"二句先总宁荣；把其他十句将通部女子一总，不穿凿而又能包括，比我这说妥当。

这虽非八十回后之事，但却于十二钗底结局有关，所以列入本篇。《红楼梦》除此以外还有一节很重要的预示，便是甄士隐做的《好了歌注》。《好了歌》是泛指一般人的，而《歌注》却专指贾氏一家之事。可惜现在我们不能把这个解析分明，有些是盲昧的揣想，有些连揣想底径路也没有，只觉得八十回后，对于此点应有个关照而已。关照是什么？我们当然是不知道。

　　"陋室空堂，当年笏满床；衰草枯杨，曾为歌舞场。蛛丝儿结满雕梁，绿纱今又糊在蓬窗上。（宝玉之由富贵而贫贱）说甚么脂正浓，粉正香，如何两鬓又成霜？（宝玉之由盛年而衰老）昨日黄土陇头堆白骨，今宵红绡帐里卧鸳鸯。（似指宝玉娶亲事，应该黛玉先死，宝钗后嫁。）金满箱，银满箱，转眼乞丐人皆谤。（谁？旧时真本以为是湘云。）正叹他人命不长，那知自己归来丧！（谁？什么？）训有方，保不定日后作强梁；（谁？高鹗大概以为是薛蟠。）择膏粱，谁承望流落在烟花巷。（我以为是巧姐。）因嫌纱帽小，致使锁枷扛；（谁？什么？）昨怜破袄寒，今嫌紫蟒长。（我以为是贾兰。）乱哄哄你才唱罢我登场，反认他乡是故乡。甚荒唐，到头来都是为他人作嫁衣裳！"

可疑的、可盲揣的，都在括弧中表现。我觉得这决不是泛指，在八十回都应有收梢。我觉得高鹗本中只照应了一小部分，以外便都抛撇了；因为他也没有懂得，正和我们一样。我看了这个，觉得现在我们所可揣测的，即使全对了，至多只有二分之一。《歌注》中这些暗示，都是八十回后底主要节目，而我们竟完全不知，不但不知，有些连盲想都还没有。这可见八十回后底光景，是怎样的黑暗；而我们从微明中所照见的，是怎样的稀少。因此，这文中所罗列的，是怎样的不完备呵。

174

论秦可卿之死

　　十二钗底结局，八十回中都没有写到，已有上篇这样的揣测。独秦氏死于第十三回，尚在八十回之上半部，所以不能加入篇中去说明。她底结局既被作者明白地写出，似乎没有再申说底必要。但本书写秦氏之死，最为隐曲，最可疑惑，须得细细解析一下方才明白；若没有这层解析工夫，第十三至第十五这三回书便很不容易读。因为有这个需要，所以我把这题列为专篇，作为前文底附录。

　　这个题目，我曾和颉刚详细论过。现在把几次来往的信札，择有关系的录出，使读者一览了然。问答本是议论文底一种体裁，我们既有很好的实际问答，便无须改头换面，反增添许多麻烦。平常的论文总是平铺实叙的，问答体是反复追求的，最便于充分表现全部的意想。所以我写这篇文的方法，虽然是躲懒，却也并非全无意义的。

我对于秦可卿之死本有意见，凭空却想不起去作有系统的讨论。恰好颉刚于一九二一年六月二十四日来信，对于此事表示很深的疑惑。他说：

　　　　《晶报》上《红楼佚话》，说有人见书中的焙茗，据他说，秦可卿是与贾珍私通，被婢撞见，羞愤自缢死的。我当时以为是想像的话，日前看册子，始知此说有因。册子上画一座高楼，上有美人悬梁自尽，其判云："情天情海幻情身……"历来评者也都不能解说，只说："第十一幅是秦氏，鸳鸯其替身也。"（护花主人评）又说："词是秦氏，画是鸳鸯，此幅不解其命意之所在。"（眉批）然鸳鸯自缢，是出于高鹗底续作。高鹗所以写鸳鸯寻死时，秦氏作缢鬼状领导上吊的缘故，正是要圆满册子上的一诗一画。后来的人读了高氏续作，便说此幅是二人拼合而成。其实册子以"又副"属婢，"副"属妾，"正"属小姐奶奶，是很明白的，鸳鸯决不会入正册。（平案：又副属婢妾；至于副属妾却不确，书中不甚重要的女子，如李纹李绮宝琴都应入此册中。）若说可卿果是自缢的罢，原文中写可卿的死状，又最是明白。作者若要点明此事，何必把他的病症这等详写？这真是一桩疑案。

　　　　　　　　　　　　　　　　　　　　　　　红楼梦研究

他这怀疑的态度，却大可以启发我讨论这问题的兴趣。我在同月三十日复他一信上面说：

从册子看，可卿确是自缢，毫无疑义。我最初看《红楼梦》也中了批语底毒，相信是秦鸳二人合册。后来在欧游途中，友人说，就是秦氏，何关鸳鸯。我才因此恍然大悟，自悔其谬。这段趣事想你尚不知道。高鹗所以写鸳鸯缢死由秦氏引导的缘故，即因为他看原文太晦了，所以更明点一下，提醒读者，知可卿确是吊死而非病死。即因此可以知道兰墅所见之本，亦是与我们所看一样。我们觉得疑暗的地方，高君也正如此。我现在可以断定秦氏确是缢死。至于你底疑惑，我试试去解说：

（一）本书写可卿之死，并不定是病死。她虽有病，但不必死于病。这是最宜注意。秦氏之死不由于病，有数据焉。

（甲）死时在夜分，且但从荣府中闻丧写起，未有一笔明写死者如何光景，如何死法？可疑一。

（乙）第十三回说："彼时合家皆知，无不纳闷，都有些疑心。"下夹注云："久病之人，后事已备，其死乃在意中，有何闷可纳？又有何疑？一本作‘都有些伤心’，非是。"此段夹注颇为精当。"纳闷""疑心"皆是线索。现新本（亚东本）却作"伤心"。我家本有一部《金玉缘》本的书，我记得是作"疑心"，今天要写这信时，查那本时正作"疑心"。要晓得"有些疑心"正与"纳闷"成文；若说"有些伤心"，不但文理不贯，且下文说"莫不悲号痛哭"，而此曰"有些伤心"，岂非驴唇不对马嘴？此等文章岂复成为文理？真所谓"失之毫厘谬以千里"。

（丙）第十回张先生说："今年一冬是不相干的，过了春分便可望全愈了。"第十一回秦氏说："好不好，春天就知道了。"而现在可卿却又早过了春夏，直到又一年底晚冬才死，可见她底死根本与病无关。细写病情乃是作者故弄狡狯耳。①

（丁）秦氏死后种种光景，皆可取作她自缢而死

---

① 书中叙可卿之病、之死，中间夹了贾瑞一段事。第十二回说：贾瑞底病"不上一年都添全了"，是贾瑞病了将近一年。又说，"倏又腊尽春回，这病更加沉重"，是到了次年的春天（秦氏生病第三年）。回末叙林如海底病，说"谁知这年冬底"，第十三回开始即叙可卿之死。是可卿之死在冬春之交，距书中说她底病实有了两个足年还多。这叙述原非常奇怪的，但可以明白秦氏之死与病无关。原信这一节文字亦略有修订。

　　　　　　　　　　　　红楼梦研究

底旁证。今姑略举数事：

（1）"宝玉听秦氏死，只觉心中似戳了一刀，不觉哇的一声，直喷出一口血来。"若秦氏久病待死，宝玉应当渐渐伤心，决不致于急火攻心，骤然吐血。宝玉所以如此，正因秦氏暴死，惊哀疑三者兼之：惊因于骤死，哀缘于情重，疑则疑其死之故，或缘与己合而毕其命。故一则曰"心中似戳了一刀"，二则曰"哇的一声"，三则曰"痛哭一番"。此等写法，似隐而亦显。（同回写凤姐听到消息，吓的一身冷汗，出了一回神，亦是一种暗写法。）

（2）写贾珍之哀毁逾恒，如丧考妣，又写贾珍备办丧礼之隆重奢华，皆是冷笔峭笔侧笔，非同他小说喜铺排热闹比也。贾珍如此，宝玉如此，秦氏之为人可知，而其致死之因与其死法亦可知。（有人说，《红楼梦》写那扶着拐杖的贾珍，简直是个杖期夫。此言亦颇有趣。）

（3）秦氏死时，尤氏正犯胃痛旧症睡在床上，是一线索。似可卿未死之前或方死之后，贾珍与尤氏必有口角勃溪之事。且前数回写尤氏甚爱可卿，而此回可卿死后独无一笔写尤氏之悲伤，专描摹贾珍一人，则其间必有秘事焉，特故意隐而不发，使吾人纳闷耳。

（4）我从你来信引《红楼佚话》底说话，在本书寻着一个大线索，而愈了然于秦氏决不得其死。第十三回（前所引的话都见于此回）有一段最奇怪而又不通的文章，我平常看来看去，不知命意所在，只觉其可怪可笑而已。到今天才恍然有悟。今全引如下：

"忽又听见秦氏之丫环，名唤瑞珠的，见秦氏死了，也触柱而亡。此事可罕，合族都称叹。（夹注云，称叹绝倒。）贾珍遂以孙女之礼殡殓之，一并停灵于会芳园之登仙阁。又有小丫环名宝珠的，因秦氏无出，愿为义女……贾珍甚喜……从此皆呼宝珠为小姐。"

这段文字怪便怪到极处，不通也不通到极处；但现在考较去，实是细密深刻到极处。从前人说《春秋》是断烂朝报，因为不知《春秋》笔削之故。《红楼梦》若一眼看去，何尝有些地方不是断而且烂。所以《红楼梦》底叙事法，亦为读是书之锁钥，特凭空悬揣，颇难得其条贯耳。

《红楼佚话》上说："秦可卿与贾珍私通，被婢撞见，羞愤自缢死的。"此话甚确。何以确？由本书证之。所谓婢者，即是宝珠和瑞珠两个人。瑞珠之死想因是闯了大祸，恐不得了，故触柱而死。且原文云"也触柱而亡"，似上文若有人曾触柱而亡者然，此真怪事。其实悬梁触柱皆不得其死，故曰"也"也。宝珠似亦是闯祸之人，特她没死，故愿为可卿义女，以明其心迹，以取媚求容于贾珍；珍本怀鬼胎，惧其泄言而露丑，故因而奖许之，使人呼之曰小姐云尔。且下文凡写宝珠之事莫不与此相通。第十四回说，"宝珠自行未嫁女之礼，引丧驾灵，十分哀苦。"第十五回说，"宝珠执意不肯回家，贾珍只得另派妇女相伴。"按上文绝无宝珠与秦氏主仆如何相得，何以可卿死而宝珠十分哀苦？一可怪也。贾氏名门大族，即秦氏无出，何可以婢为义女？宝珠何得而请之；贾珍又何爱于此，何乐于此，而遽行许之？勉强许之已不通，乃曰"甚喜"，何喜之有？二可怪也。秦氏停灵于寺，即令宝珠为其亲女，亦卒哭而返为已足，何以执意不肯回家？观贾珍许其留寺，则知宝珠不肯回家，乃自明其不泄，希贾珍之优容也。秦氏二婢一死一去，而中冓之羞于是得掩。我以前颇怪宝珠留寺之后杳无结果，似为费笔。不知其事在上文，不在下文。宝珠留寺不返，而秦氏致死之因已定，再行写去，直词费耳。

（二）依弟愚见，从各方面推较，可卿是自缢无疑。现尚有一问题待决，即何以用笔如是隐微幽曲？此颇难说，姑综观前后以说明之。

可卿之在十二钗，占重要之位置；故首以钗黛，而终之以可卿。第五回太虚幻境中之可卿，"鲜艳妩媚有似乎宝钗，风流袅娜则又如黛玉"，则可卿直兼二人之长矣，故乳名"兼美"。宝玉之意中人是黛，而其配为钗，至可卿则兼之；故曰"许配与汝"，"即可成姻"，"未免有儿女之事"，"柔情缱绻，软语温存，与可卿难解难分"。此等写法，明为钗黛作一合影。

但虽如此，秦氏实贾蓉之妻而宝玉之侄媳妇；若依事直写，不太芜秽笔墨乎？且此书所写既系作者家事，尤不能无所讳隐。故既托之以梦，使若虚设然；又在第六回题曰"贾宝玉初试云雨情"，以掩其迹。其实当日已是再试。初者何？讳词也。故护花主人评曰："秦氏房中是宝玉初试云雨，与袭人偷试却是重演，读者勿被瞒过。"

既宝玉与秦氏之事须如此暗写，推之贾珍可卿事亦然。若明写缢死，自不得不写其因；写其因，不得不暴其丑，而此则非作者所愿。但完全改易事迹致失其真，亦非作者之意。故处处旁敲侧击以明之，使作者虽不明言而读者于言外得求其微音。全书最明白之处则在册子中画出可卿自缢，以后影影绰绰之处，得此关键无不毕解。吾兄致疑于其病，不知秦氏系暴卒，而其死与病无关。细写病情，正以明秦氏之非由病死。况以下线索尚历历可寻乎？

从这里我因此推想高鹗所见之本和现在我们所见的是差不多。他从册子上晓得秦氏自缢，但他亦颇以为书中写秦氏之死太晦了，所以鸳鸯死时重提可卿使作引导。可卿并不得与鸳鸯合传，而可卿缢死则以鸳鸯之死而更显。我们现在很信可卿是缢死，亦未始不是以前不分别读《红楼梦》时，由鸳鸯之死推出的。兰墅于此点显明雪芹之意，亦颇有功。特苟细细读去，不藉续书亦正可了了。为我辈中人以下说法，则高作颇有用处。

第十三、十四、十五三回书，最多怪笔，我以前很读不通，现在却豁然了。我很感谢你，因为你若不把《红楼佚话》告诉我，宝珠和瑞珠底事一时决想不起，而这个问题总没有完全解决。

从这信里，我总算约略把颉刚底策问对上了。秦氏是怎样死的？大体上已无问题了。但颉刚于七月二十日来信中，说他检商务本的《石头记》第十三回，也作"都有些伤心"。这又把我底依据稍摇动了一点，虽然结论还没有推翻。他在那信中另有一节复我的话，现在也引在下边。

　　我上次告你《晶报》的话，只是括个大略。你就因我的"被婢撞见"一言，推测这婢是瑞珠宝珠。原来《红楼侠话》上正是说这两个。他的全文是：

　　又有人谓秦可卿之死，实以与贾珍私通，为二婢窥破，故羞愤自缢。书中言可卿死后，一婢殉之，一婢披麻作孝女，即此二婢也。又言鸳鸯死时，见可卿作缢鬼状，亦其一证。

　　这明明是你一篇文章的缩影。但他们所以没有好成绩的缘故：（1）虽有见到，不肯研究下去，更不能详细发表出来。（2）他们的说话总带些神秘的性质，不肯实说他是由书上研究得来的，必得说那时事实是如此。此节上数语更说，"濮君某言，其祖少时居京师，曾亲见书中所谓焙茗者，时年已八十许，白发满颊，与人谈旧日兴废事，犹泣下如雨。"其实他们倘使真遇到了焙茗，岂有不深知曹家事实之理，而百余年来竟没有人痛痛快快说这书是曹雪芹底自传，可见一班读《红楼梦》的与做批评的人竟全不知曹家底情状。

　　　　　　　　　　　　　　　红楼梦研究

他把前人这类装腔作势的习气，指斥得痛快淋漓，我自然极表同意。但"疑心""伤心"这个问题，还是悬着。我在七月二十三日复书上，曾表示我底态度。

　　你说我论证可卿之死确极，最初我也颇自信。现在有一点证据并且还是极重要的既有摇动，则非再加一番考查方成铁案：就是究竟是"疑心"或是"伤心"的问题。我依文理文情推测当然是"疑心"，但仅仅凭借这一点主观的意想，根据是很薄弱的。我们必须在版本上有凭据方可。我这部《金玉缘》本确是作"疑心"的，并且下边还有夹评说，"一本作伤心非"，则似乎决非印错。但我所以怀疑不决，因为我这部书并非《金玉缘》底原本，是用石印翻刻的，印得却很精致，至于我们依赖着它有危险没有，我却不敢担保。我查有正抄本也是作"伤心"。这虽也不足证明谁是谁非，因为抄本错而刻本是也最为常事，抄写是最容易有误的；但这至少已使我们怀疑了。我这部石印书如竟成了孤本，这个证据便很薄弱可疑了。虽不足推翻可卿缢死的断案，但却少了一个有力底证据。我们最要紧的，是不杂偏见，细细估量那些立论底证据……总之，主观上的我见是深信原本应作"疑心"两字，但在没有找着一部旧本《红楼梦》做我那书底傍证以前，那我就愿意暂时阙疑。

后来果然发见两个脂砚斋评本，虽系传抄的，而其底本年代均在雪芹生前，均作"疑心"，即高鹗程伟元的初本（程甲本）亦作"疑心"，于是这问题完全解决了。在这两脂本中又说到"淫丧天香楼"一段文字删去底因缘，现在不能多引。

所谓“旧时真本红楼梦”

《红楼梦》八十回后，续书原不止一种，只是现存的只有高本这一种罢了。现在所要说的，又是另一个补本。这补本底存在、事迹，只见于上海《晶报》《瞾蝀笔记》里底《红楼佚话》上面。原文节录如下：

> 《红楼梦》八十回以后，皆经人窜易，世多知之。某笔记言，有人曾见旧时真本，后数十回文字，皆与今本绝异。荣宁籍没以后，备极萧条。宝钗已早卒。宝玉无以为家，至沦为击柝之役。史湘云则为乞丐，后乃与宝玉为婚。……

可惜他没有说出所征引的书名，只以某笔记了之。在蒋瑞藻底《小说考证》里亦有相类似的一段文字，他却是从《续阅微草堂笔记》转录下来的，或者就是《瞾蝀笔记》所本。现在亦引如下：

> 《红楼梦》……自百回以后，脱枝失节，终非一人手
> 笔。戴君诚甫曾见一旧时真本，八十回之后皆不与今同。
> 荣宁籍没后均极萧条；宝钗亦早卒；宝玉无以为家，至沦
> 为击柝之流；史湘云则为乞丐，后乃与宝玉仍成夫妇，故
> 书中回目有"因麒麟伏白首双星"之言也。闻吴润生中丞
> 家尚藏有其本，惜在京邸时未曾谈及，俟再踏软红，定当
> 假而阅之，以扩所未见也。

这条文字较《臛蟪笔记》似较确实有根据些。（1）所谓旧时
真本确有人见过且能举出其人之姓名。（2）他确说自八十回
起不与今本同，可证其为另一补本。（3）他明言这书写宝湘
成婚事系依据于第三十一回之目。（4）这种本子不但有人见
过，且有人收藏。而且收藏这书的人，并不是名声湮没的寒
儒，却是一个巡抚。

这实在可以证明，以前确有这一种旧时真本，不是凭空
造谣可比；所以使我觉得有考证一下底必要。就两书所叙述
的事迹看，大都不和高本相同。（1）荣宁后来备极萧条的
景况，不见于高本。高本虽然亦写籍没，但却有那些"沐天

恩"，"延世泽"，"封文妙真人"，"兰桂齐芳"这类傻话。（2）宝钗早卒；高本却写她出闺守寡抚孤成名。（3）宝玉击柝；高本却写他随双真仙去，受真人之号。（4）湘云为丐，配宝玉，高本只写她嫁一不知名的人后守寡，没有一笔叙到她底贫苦。

可考的只有四项，而几乎全与高本不同。究竟是那一本好些，姑且留到后面再说。我们先要试问这本底年代问题，再讨求他所依据的——在八十回内的——是什么。

顾颉刚以为这书也是个补本，这大概不错，因为前人——距雪芹年代极近的——如张船山、高兰墅、程伟元、戚蓼生，都说原本《红楼梦》只有八十回。（张说见于《船山诗钞》，高说见程排本《红楼梦》底《引言》，程说见于同书底《序》，戚说见于戚本《红楼梦序》。）他们底说话，即使非可全信，也决不是全不可信。他们又何至于联络起来造谣生事呢？

这补本底取材，颉刚曾加以说明，现在引录如下。凡我另有意见的，加上案语。

（1）荣宁籍没——第十三回，王熙凤梦中秦可卿的话。

〔按〕第七十四回，探春明言抄家事，暗示尤为显明，不仅如这回所说。

（2）宝钗早卒——第二十二回制灯谜，宝钗的是"梧桐叶落分离别，恩爱虽浓不到冬"。

〔按〕颉刚所据，当是商务印书馆底《石头记》本。戚脂两本宝钗谜即今本黛玉底，而黛玉无谜。"梧桐叶落"云云也没有。此谜系咏竹夫人，故程甲本乙本道光壬辰王雪香评本并作"恩爱夫妻不到冬"，以暗示钗玉成婚之不终，似不宜作早卒之依据。又顾引作"恩爱虽浓"，亦不如"恩爱夫妻"之贴切也。参看本书上文六十页。宝钗底薄命底预示，在八十回中还有数节，如第十七回、第四十回，惟都不能够确说是早卒。

（3）宝玉沦为击柝之役——第三回，宝玉赞，"贫穷难耐凄凉。"

〔按〕这是最显明的一例，以外在第一回中暗示尤多。

（4）史湘云为乞丐——第一回，甄士隐注解《好了歌》，"金满箱，银满箱，转眼乞丐人皆谤。"

（5）宝钗死而湘云继——同回，同节，"昨日黄土陇头堆白骨，今宵红绡帐里卧鸳鸯。"又第二十九回，张道士送宝玉金麒麟，恰好湘云也有这个。（以上均见一九二一，六，十，信。）

至于这本，比高本孰优孰劣，这自然可随各人底主观而下判断，没有一致底必要。照颉刚底意见，以为高本好些。他底大意如下：

（1）写宝玉贫穷太尽致，且不容易补得好。

（2）书中写宝钗，处处说他厚福，无早死之意。

（3）第三十一回及第三十二回，屡点明湘云将嫁；且白首双星，也不合册子、曲子底暗示。他以为补作的人泥了金麒麟一物，不恤翻了成案，这是他底不善续。

（4）史湘云为乞丐，太没来由。（一九二一，六，十，信。）

关于第一点，我和他底眼光不同。诚然，要写宝玉怎样的贫穷，是极不容易，但作者原意确是要如此写的。高鹗略而不写，一方是他底取巧，一方是他没有能力底铁证。这补本已佚，所写的这一节文字如何，原不可知。

第二节所说，我在大体上能承认。但八十回书中，写宝钗虽比黛玉端厚凝重些，但很有冷肃之气，所谓秋气；可见她也未必不是薄命人，（十二钗原都归入薄命司，见第五回。）颉刚说她厚福，似无根据。但守寡亦是薄命，不必定是早卒。即八十回内所暗示，亦偏向于这一面；故颉刚说她不该早死，我并不反对。（只有一条，似乎有宝钗早卒之意，或为这补本作者所依据。第二十八回说："如宝钗……等，亦可以到无可寻觅之时矣。宝钗等终归无可寻觅之时，则自己又安在哉？"）至于若高鹗所补的，宝钗有子，后来"兰桂齐芳"，我却不敢赞一词了。

第三节的话我也大体赞成。高鹗宁可据第五回，却抛弃第三十一回之目不管他。这本底作者却和兰墅意思相反，专注重第三十一回之目，成就宝玉湘云底姻缘。这其实也不过是哥哥弟弟，不必作十分的抑扬。

第四节，我完全同意。但颉刚在另一信上说（一九二一，六，十四），《好了歌注》只是泛讲，我却不以为然。所谓"乞丐人皆谤"，必是确有所指，只未必便是指湘云。可惜这书没有做完，使我们无从去悬揣。至于颉刚说"没来由"却甚是；因为在八十回中，湘云并不是金满箱银满箱的富家小姐。史家在上代虽然和贾王薛三姓齐名，但当湘云之时，早已成了破落户。我们且看：

"他们家嫌费用大，竟不用那些针线上的人，差不多的东西都是他们娘儿们动手。……我再问他家常过日子的话，他就连眼圈儿都红了。……"（第三十二回，宝钗语。）

"一个月通共那几串钱，你还不够使；……"（第二十七回，同。）

一个月只有几串钱的月费，且家中连个做活计的婆子都没有，像这种生活，难道是可以说"金满箱银满箱"吗？这可以证明作者底原意，虽然必有个书中人将来做乞丐的，但却不定是史湘云。

在这四点以外，还有一点，我觉得这本要比高本好的，便是实写贾家底萧条，并无复兴这件事。这和原本相合，自非高本所及。我的理由，已在上章中详举了。

这个某补本，可考的很少，真是我们底不幸。他和高本，只有抄家一点相同，抄家以后的景象且不尽同，以外便全不相合。就事迹论，这本写宝玉底结局有一点——贫穷——胜于高本。写宝玉、宝钗、湘云三人底关系，则又不如高本。就风格论，这本病在太杀风景，高本病在太肠肥饱满了；一个必说宝玉打更，湘云乞食，那一个却又说，宝玉升天，宝钗得子，都犯过火的毛病。

惟这本写宝玉终于贫穷而不出家，似又不如高本。因为一则书中暗示宝玉出家之处极多——贫穷之后出家——不能没有呼应；二则不如此写，这部百余回大书颇难煞尾。只有出家一举，可以神龙见首不见尾，一束全书，最为干净。颉刚也说："但是贫穷之后，也许真是出家。因为甄士隐似即是贾宝玉底影子。……甄士隐随着跛足道人飘飘去了，贾宝玉未必不随一僧一道而去。要是不这样，全书很难煞住，且起结亦不一致。"（一九二一，五，十七，信。）高鹗见到这些地方，正是他底聪明处。这本不如此收梢，想其结尾处不能如高本底完密。高本误在没写宝玉底贫穷，这本又误在没他底出家；其实贫穷和出家，是非但不相妨而且相成的。

这某补本底存在，除掉《红楼佚话》《小说考证》所引外，还有一证，颉刚说："介泉（潘家洵君）曾看见一部下俗不堪的《红楼续梦》一类的书，起头便是湘云乞丐。可见介泉所见一本，便是接某补本而作的。（我所谓乙类续书。）"（一九二一，六，二十四，信。）这真是极好的事例，可以证实以前曾有这么一种补书底存在了。

所谓"旧时真本"，我所知道的不过如此。我因为这也是一种散佚的续书，且和高本互有短长，可以参较，故写了这一篇文字。

前八十回红楼梦原稿残缺的情形

我们都知道《红楼梦》前八十回是曹雪芹底原稿，算是已完成之作，不过所谓"完成"，仅仅大体而已，并不曾细磨细琢。照我们现今所知，最显明的残缺，至少有如下面所举的各点：

（一）本文底残缺。（甲）整回的缺少。在程伟元高鹗底《引言》上已说，"即如第六十七回，此有彼无，题同文异，燕石莫辨"，可见高鹗所见诸抄本中有缺第六十七回的。即今所见燕京藏脂本（原题庚辰秋定本，以下简称脂庚）亦缺了两回（第六十四，第六十七）便是明证。（乙）回末有缺文。最习见的是第三十五回之末那是抄本刻本都缺的，已见本书《论续书底不可能》一文中，兹不赘述。较有兴味的是第二十二回，见于脂庚本中。引近人底话（《跋脂庚本》）以代叙述。

又第三册二十二回只到惜春的谜诗为止，（平按，戚本亦有此谜，高本无之。）其下全阙，上有朱批云："此后破失俟再补。"其下为空一页，次页上有些记录："暂记宝钗制谜云'朝罢谁携两袖烟……'（按戚本同，高本以为黛玉谜。）此回未成而芹逝矣，叹叹。丁亥夏，畸笏叟。"

看这个记录，知道第二十二回没有写完，雪芹就死了，无论戚本高本都是补作而非原书，不过戚本稍近真，高本尤远而已。尤可注意的，有第三种的情形、（丙）回中有缺文。见于脂庚本第十九回中。原来这十九回，在脂庚上根本没有回目的。写到宝玉在宁国府看戏，各本都有这一节文字，兹引戚本为例。

> 宝玉见一个人没有，因想这里素日有个小书房内，曾挂着一幅美人，极画的得神，今日这般热闹，想那里那美人自然是寂寞的，须得我去望慰他一回。（卷二）

这好像没有缺文，殊不知却大缺而特缺。脂庚本这段文字如下：

> 宝玉见一个人没有，因想这里素日有个小书房，名（"名"字点去）□□□□□（缺五字，原系直线，现

红楼梦研究

改用方框示之，下同。）内曾挂着一轴美人，极画的得神，今日这般热闹，想那里自然（"自然"二字点去）□□□□□□□□□□□□□□□□□□□□（缺二十字）那美人也（"也"字点去）自然是寂寞的，得我去望慰他一回。（第二册）

这是非常重要的痕迹，可证脂庚本虽是传抄，却是用薄纸蒙着原稿写的，所以仅次于原稿一等。这里点去的四个字原是原稿上有的，而且本应该有的。因雪芹未写完而死，有了缺文既无法补，后人只好点去这四个字，不避烦琐分两组说明之。

第一组点去"名"字。原文本当作"有个小书房名曰什么斋（或轩）斋内曾挂着一轴美人"，作者一时想不出叫什么斋名，写了一个"名"字，下边空着待补，这个孤零零的"名"字自宜作为衍文看，所以后人把它点去。第二组上面点去"自然"，下面点去"也"。本当作"想那里（书房里）自然怎么样怎么样（想必是清清冷冷的光景）那美人也自然是寂寞的"。因为上文有了个"自然"，所以下文曰"也自然"，"也"者承上之词。现在上面缺文既不能补，那"自然"二字不成说话只好点掉了；既去掉上文的"自然"，那下文的"自然"即无所谓"也"，因之这"也"字亦只好点去；这原是合理的。不过从这里我们能够知道作者原稿是什么样子的。

还有一处也是回中缺文待补而始终没补的，在脂庚本上留着痕迹。如第七十五回前有一空页，上面记着两行字："乾隆二十一年五月初七日对清。""缺中秋诗俟雪芹。"二十一年是丙子，庚辰定本前四年。所谓中秋诗指本回内宝玉贾兰各赋一诗，但均无文。原来应该有文的都没有做，所以要等雪芹来。庚辰本在本回赋诗底地方留了很小的一点空格，表示这儿原有缺文，但戚本程甲乙本便都毫无痕迹了。丙子年距雪芹之死还有八年，不为不久，却到底没补上，这事实也很值得我们注意的。

更有一回书里缺一大段的。如第二十八回脂庚本在云儿唱曲"我不开了你怎么钻"下面，整缺了五行，即今戚本"唱毕饮了门杯，便拈起一个桃来，说道桃之夭夭"以下至"你说的是，快说来"，共少去一百四十三字；依程甲本，计少去一百四十六字。下均接"薛蟠瞪了一瞪眼"云云。脂庚为什么缺半页，理由不明。岂原文固全，抄者漏写，抑系原本不全而后来补完，亦均不可知。

（二）每回的起讫并不曾完整。（甲）每回的开始，有些有诗，有些没有诗，我想本来都应该有的，却不曾补全。如第一回胡藏甲戌脂本，有七律一首，各本均无。第二回有七绝一首。脂庚戚本都有。第五回戚本有七绝一首，脂庚缺。第六回戚本有五绝一首，脂庚缺。第七回戚本有七绝一首，脂庚缺。第三十二回录汤若士七绝一首，脂庚戚本均有。以外各回之首各本俱无诗的，当然很多，不能列举。我假定作者本想每回开首各题一诗，但陆续写的，有的写得出，有的暂时想不起只好搁着。（乙）每回结尾也不一致，从脂庚本看，也有下列几个情形：（1）兀然而止，如第一回作"封肃听了唬得目瞪痴呆，不知有何祸事"。第二回更别致，作"雨村忙回头看时"，下面便没有了。戚本这两回结末各有"且听下回分解"，我想或系后人所补。（2）有两句诗，如第五回结尾曰："正是：一场幽梦同谁近，千古情人独我痴。"（戚本"一场"作"一枕""近"作"诉"）第六回曰："正是：得意浓时是接济，受恩深处胜亲朋。"第八回曰："正是：早知日后闲争气，岂肯今朝错读书。"（戚本均同）（3）只有"正是"二字，两句诗缺了。如第七回结尾只有"这正是"三字，戚本却完全了，作"正是：不因俊俏难为友，正为风流始读书"。这两句做得很好，我想这或是作者之笔。（4）也有作"且听下回分解"或"下回分解"的。如第九回第十回。（5）有作"且听下回分解"，更附两句诗的。如第十三回末曰："不知凤姐如何处治，且听下回分解。正是：金紫万千谁治国，裙钗一二可齐家。"（戚本同）这五个格式繁简不同，全缺互异，可证结尾也没有修饰完善。大概每回都该有两句诗的，以诗起，以诗结也。

（三）回目各本互异，都不很妥善，表示作者未能定稿。举第七回为例，脂甲脂庚戚本是一个系统，都出于原稿本。但这回之目三本不同，却没有一个很妥当的。先举回目如下：

送宫花周瑞叹英莲，谈肄业秦钟结宝玉。（脂甲本）

送宫花贾琏戏熙凤，宴宁府宝玉会秦钟。（脂庚本）

尤氏女独请王熙凤，贾宝玉初会秦鲸卿。（戚本）

先从文字方面看，两个脂本都不妥当。是周瑞底老婆（周瑞家的）叹英莲，不得说周瑞叹英莲。果真一个男仆名叫周瑞的去叹英莲，那岂不可笑。脂庚所作与程高刻本今本同，文义上也不妥。送宫花是一事，琏凤好合又是一事，周瑞家的去送宫花偶遇此事而已，并非两事有任何因缘。我们若只看回目，便有因送宫花而琏凤云云，或者贾琏以送宫花的手段去戏熙凤这类的错觉。这完全不合实际的。戚本文字虽没有毛病，却不能包举事实。原来这回书有四桩事：（1）周瑞家的到薛姨妈那里，见了宝钗，大谈宝钗底病和冷香丸底来源制作。（2）周瑞家的有叹英莲的事，又到各房去送宫花，恰值贾琏在熙凤处。（3）尤氏单请凤姐吃饭。（4）宝玉同去，在宁府初遇秦钟。（4）很重要，所以各本都入回目。至回目上一句，应在（1）（2）两项上指明，戚本却指（3），未免与（4）重复，且偏枯不得要领。所以严格的批评，三本都不见佳，我以前曾说过。言贾琏戏熙凤者乃作者初稿（可能文字和今本不同，因为《红楼梦》本由《风月宝鉴》改写，文字是相当猥亵的），犹第十三回本作"秦可卿淫丧天香楼"也；言周瑞叹英莲者乃是作者改稿，犹十三回之改作"秦可卿死封龙禁尉"也。其有语病亦相若，周瑞的老婆固不能省文作周瑞，秦可卿的丈夫捐得龙禁尉，似乎也不该就说秦可卿死封龙禁尉呵。这可见有些回目，都是未定之稿，作者也在改来改去之中。

（四）除回目的文字做得不太妥当以外，还有一种情形，就是缺失回目。即上记第七十五回前的空页，除掉那两行题记所谓"缺中秋诗俟雪芹"以外，更有很古怪的痕迹。七十五回之目本是完全的，那另外空页上却记载着：

□□□	开夜宴	发悲音
□□□	赏中秋	得佳谶

大概也是本不完全要待雪芹的。雪芹究竟待着否，待了八年，缺的诗既不曾补上，恐怕原稿的回目正像上边这个样子，而现存的完整之目"开夜宴异兆发悲音，赏中秋新词得佳谶"，乃系后来补缀的，亦不能定其出于何人之手。这上面的六个方框，亦不得其解。

此外便是整个的没有回目。依脂庚本看，六十四、六十七两回没书，当然没有回目。十九回八十回虽有书，亦无回目。又十七、十八合并，只有一个回目，所以名为八十回本，在脂庚本上共只有七十五个回目。第八十回的回目，我在旧书《红楼梦辨》里说过高戚两本均不妥当，现在知道原本本来没有回目的。

（五）分回底不定。这有一个主要的情形必须先了解：初稿底回大，故回数少；改稿则回底本身缩小了，于是回数增多。换句话说，现存的八十回，在作者底初稿里并不到八十回。在脂庚本第四十二回前面有总批云："今书至三十八回时，已过三分之一而有余。"照这总批说，脂庚本底第四十二回，在初稿为三十八回，相差四回之多。依此推算，则八十回在初稿不过七十二三回也。现在脂庚本十七十八合回，十九回无目，三回合一，便是这个痕迹的遗留。他又说，三十八回已过三分之一而有余，可见原来计划，全书是一百回，但这一百回却是大回，若改成小回，便须百十回余。此所以有后三十回的《红楼梦》也，详《后三十回的红楼梦》一文中。

　　我们既知道有这五项情形，所以八十回并不如一般人心目中那样完整。至于这完整之感却非无来历，也非完全错误。大概雪芹身后，全书已经他亲友整理过，如脂砚松斋畸笏叟之徒，现存的戚本，至少已是完整的八十回了。后来又经过程伟元高鹗底加工，变为刻本行世。这就是咱们对这书有完全之感底来源。话虽如此，本文底脱枝失节对不拢来的地方还是很多的，屡见于后来的评论中，不能详举了。又这些疏漏舛误，有意抑或无心，这又有关于《红楼梦》的"微言"，这儿亦不能详辩了。

后三十回的红楼梦

我在《红楼梦辨》卷下有这一篇，现在因为改动太多，不得不重写。

当一九二二年四月，我在杭州，因披阅有正书局印行的戚蓼生序本，想去参较它和高鹗本底异同得失，却无意中在这书评注里发见一种"佚本"，所叙述的是八十回后情节，真是一种意外的喜悦，当时以为这是一种续书，不过比高鹗续得早了一些。忽忽过了二十多年，发见了两个脂砚斋评本，一个是胡适藏的十六回残本，一个是昔年徐星曙姻丈所藏，今归燕京大学的七十八回本（即八十回本缺了两回）。从这两书里，知道戚本底评注也是"脂评"，所谓佚本乃是曹雪芹未完而迷失了的残稿，这可说是"意表之外"的喜悦了。

八十回书雪芹虽未整理得十分完全（见另文），但他的确写了后半部，所谓后三十回是也。这件事我在当初没有料到，误认原作为他人所续，但所辑有正本底评注至今日仍不失其重要，所以我把它拆散加入本文中，再稍加以补充。补充材料底来源即在上述两个脂评本中，跟戚本底评原是一回事。脂砚斋究系何人，疑莫能明。或以为雪芹底族兄弟，后来又以为即作者。或以为是书中的史湘云，鄙人未敢信以为然。在《红楼梦辨》里曾抄录"戚本脂评"数条，兹选存，以明批书人底身份。

"八字便是作者一生惭恨。"（第一回。脂甲戌本同，胡曰："这样的话当然是作者自己说的。"）

"盖作者自云，所历不过红楼一梦耳。"（第五回。脂甲本"盖"上有"点题"二字。）

"非作者为谁？余曰，亦非作者，乃石头也。"（同回。脂甲本作"余又曰"。又另外一人用墨笔批"石头即作者耳"。）

"作者一生为此所误，批者一生亦为此所误。"（第二十一回）

还有一条，可约略表示评书底年代。

余历梨园子弟广矣，各各皆然，亦曾与惯养梨园诸世家兄弟谈议及此，众皆知其事而皆不能言。今阅《石头记》载"原非本脚之戏执意不作"二语，便见其恃能压众，乔酸姣妒，淋漓满纸矣。复至"情悟梨香院"一回更将和盘托出，与余三十年前目睹身亲之人现形于纸上，便言《石头记》之为书，情之至极，言之至确（脂庚作恰），然非领略过乃事，迷陷过乃情，即观此茫然嚼蜡，亦不知其神妙也。（第十八回。脂庚辰本同。）

这个人三十年前已曾养过梨园子弟，跟诸世家子弟议论此等事，起码已有二十岁左右。到了三十年后看了《石头记》再来评书，起码已有五十岁。但雪芹只活了四十岁。可见所谓脂砚斋大概与作者同时，辈分还早些。脂砚斋就是作者之说似未可信。

那所谓"三十年"，脂甲脂庚本还有好几条，却不知是脂砚斋所题否。或者是"畸笏叟"罢。畸笏跟脂砚是否一人，亦不得而知。

树倒猢狲散之语全犹在耳，曲指三十五年矣，伤哉，宁不恸杀！（第三十回，脂甲本眉评。脂庚本朱笔眉评同，惟"全"字用墨笔点去，改作今。曲作屈。三十作卅。恸作痛。）

旧族后辈受此五病者颇多，余家更甚，三十年前事，
见书于三十年后……（同回之末，脂甲本眉评。）

读五件事未完，余不禁失声大哭，三十年前作书人在
何处耶。（同回之末，脂庚本眉评。）

这是一个人底口气。脂庚这一条乃雪芹死后所题。其他批语中
每自称"老朽""朽物"，脂甲本载删去秦可卿死事，有"命
芹溪删去"之文，芹溪可以命令得，这儿又称人为后辈，可见
他底辈行是很尊的。他曾看见作者底原稿，告诉我们后半部佚
稿情形和许多事迹。

这后半部到底有多少回呢。在戚本第二十一回开首总评上
有明文。脂庚本也有的，且多了一首怪诗，原应在二十一回前
的，却附在二十回之后，这是装订底错误。兹改引脂庚本之
文。因这怪诗也很有意思。

有客题《红楼梦》一律，失其姓氏，惟见其诗意骇
警，故录于斯：

"自执金矛又执戈，自相戕戮自张罗。茜纱公子
情无限，脂砚先生恨几多。是幻是真空历遍，闲风闲
月枉吟哦。情机转得情天破，情不情兮奈我何。"

凡是书题者，不可此为绝调，诗句警拔，且深知拟书底里，惜乎失石矣。（平按此文稍有脱误，以上戚本缺。）按此回（第二十一回）之文固妙，然未见后三十回（戚本作"后之三十回"）犹不见此之妙。（脂庚本第二册末）

这是后半部一共三十回的明证，其他评中或称"后数十回"。这些都是不连八十回算的。连算的戚本也有一条。（不见于脂庚本，因脂庚本第一册一至十回并无脂评，疑是抄配的本子。）

以百回之大文，先以此回作两大笔以冒之，诚是大观。（第二回开首，总评。）

八十加三十，应是百十回，怎说一百回呢？说是举成数，也不见得对。这个问题，我在另一文中已解答了。因为回目有多少，分回有大小。作者初稿分回分得大，所以计划着一百回；后来分回较细，便成了百十回。所以这百十回事实等于一百回。列表以明之：

四十二回＝初稿三十八回（脂庚本第四十二回总评）依比例推算之：

红楼梦研究

八十回＝初稿约七十三回

三十回＝初稿约二十七回

故订正本百十回＝初稿百回（即三十八回当于百回三分之一而有余，语亦见第四十二回总评。）

这无烦申说了。作《红楼梦辨》时，尚未知这些事实，却说"或者虽回目只有三十，而每回篇幅极长，也未可知"，（下卷十二页〔新印本一七四页〕）这总算被我蒙对了。

后部底回数已经明白，而且回目也已有了。《红楼梦辨》里《原本回目只有八十》标题虽错，但意思注重在今本后四十回之目非真，并不曾很错。现在我们知道了一些后三十回底回目，更可证明高本回目底捏造了，这犹之清儒引了真古文《尚书》底佚文来驳斥伪古文《尚书》。可惜剩得不多了，两句完全的只有一回，一句完全的只有一处。

一句完全的："花袭人有始有终。"（脂庚本第二十回朱评）

一回完全的："薛宝钗借词含讽谏，王熙凤知命强英雄。"（脂庚本戚本第二十一回总评）

不知标着第几回，不过"花袭人有始有终"应在"薛宝钗借词含讽谏"以前，因二十一回总评下文说"而袭人安在哉"，可见宝钗讽谏宝玉，袭人已去了。

其他回目，零零碎碎还有三条：（1）狱神庙红玉茜雪一大回文字（脂庚本第二十六回畸笏叟墨笔眉批）。回目全文无考，但有"狱神庙"三字，因脂甲本第二十七回夹缝朱评说"狱神庙回内方见"，可见"狱神庙"三字也是回目上有的。（2）记宝玉为僧，有"悬崖撒手"一回，这四个字当然是回目（脂庚戚本第二十四回评）。原书到此已快完，却还非最后。（3）末回是"警幻情榜"（脂庚本第十七十八合回畸笏叟评）。

这儿要稍说明，作者当时写书次序很乱，有书的不一定有回目，现在八十回中还有这痕迹可证。同样，有回目不一定有书，即如"悬崖撒手"一回可能亦有目无书，所以畸笏叟说："叹不能得见玉兄悬崖撒手文字为恨"。（脂庚本第二十五回眉评朱笔，署"丁亥夏"，其时雪芹已死了四五年。脂甲本亦有此批，原文未见。）究竟是写了迷失呢，还是原本没写，事在两可之间。

至于佚文，评注中称引得极少，只有三条，真成吉光片羽了。

（1）"故袭人出嫁后云：'好歹留着麝月。'"（脂庚戚本第二十回评，详见下。）

（2）"落叶萧萧，寒烟漠漠。"（脂庚戚本第二十六回）"只见凤尾森森龙吟细细"下评曰"与后文落叶萧萧寒烟漠漠一对，可伤可叹"。

（3）"宝玉情不情，黛玉情情。"（脂庚戚本第十九回评引"情榜评"，并详下。）

所叙情事，可考的比较多些，仍依旧作按贾氏宝玉十二钗底次第，分别说之。

（1）贾氏抄家后破败。

第二十七回脂庚本朱批："此系未见抄没狱神庙诸事，故有是批。"

贾氏败落底原因很多，详《八十回后的红楼梦》一文中，但最大、最直接的原因是"抄没"。第二个原因便是自残，第七十四回，探春说"自杀自戕"，又本篇前引怪客题诗云"自执金矛又执戈，自相戕戮自张罗"，评者认为"深知拟书底里"，尤其明显。其结果非常凄惨迥和高本不同，所以说："从此放胆，必破家灭族不已，哀哉！"（戚本第四回评）

"使此人（探春）不远去，将来事败，诸子孙不致流散也，悲哉，伤哉！"（脂庚戚本第二十二回评）因为这个原故，所以宝玉大约也被一度关在牢狱里，后来很贫穷。（宝玉狱神庙事，见下红玉茜雪条。）

（2）宝玉很贫穷。

第十九回脂庚本戚本评："补明宝玉何等娇贵，以此一句（袭人见总无可吃之物）留与下部后数十回'寒冬噎酸齑，雪夜围破毡'等处对看。"

这和敦诚赠雪芹诗"满径蓬蒿老不华，举家食粥酒常赊"来对照，也很有趣味的。"寒冬"十字可能也是本书底佚文。

（3）宝玉做和尚。

第二十一回脂庚戚本评："故后文方有'悬崖撒手'一回，若他人得宝钗之妻，麝月之婢，岂能弃而为僧哉。玉一生偏僻处。"①

---

① 周汝昌君近在《燕京学报》第三十七期发表一篇论文，以为宝钗嫁宝玉而早卒，湘云后嫁宝玉。（一四〇页）从这条脂评看来，此说甚误。周君所说，与所谓"旧时真本"合，亦足证明所谓"真本"，并非作者原书。

宝玉为什么做和尚呢？在这上文说因有"情极之毒"，但也不很明白。

　　同书同回评："然宝玉有情极之毒，亦世人莫忍为者，看至后部则洞明矣。"

我们看不到后半部，故无法洞明。"情极之毒"即末回情榜所谓"情不情"也。

　　（4）这块玉也曾经丢了，后来不知怎样回来的。

　　脂甲本第八回，袭人摘下通灵玉来，用手帕包好塞在褥下，评曰："交代清楚，塞玉一段又为'误窃'一回伏线。"

通灵玉底遗失，乃被误窃了去，跟今高本写得十分神秘不同。怎样回来的呢？这可能有两说：（1）凤姐拾玉。（2）甄宝玉送玉。我想凤姐拾玉，或者对些。在大观园失窃，怎么会到甄宝玉手里去呢？

　　脂庚本戚本第二十三回"刚至穿堂门前"句下评："这便是凤姐扫雪拾玉之处。"

同书第十八回《仙缘》戏目下评："伏甄宝玉送玉。"

今高本第一百十五回和尚来送通灵玉，这儿却改用甄宝玉送，想必也和宝玉出家有关，却不知是怎么一回事。

（5）黛玉泪尽夭卒。

脂庚本戚本第二十一回评："以及宝玉砸玉，颦儿之泪枯，种种孽障种种忧忿皆情之所陷，更何辩哉。"

同书第二十二回评："若能如此，将来泪尽夭亡已化乌有，世间亦无此一部《红楼梦》矣。"

一说泪枯，再说泪尽，又和宝玉砸玉作对文，可见在后半部有另一段大文章；而且说明黛玉之所以死，由于还泪而泪尽，似乎不和宝钗出闺成礼有何关连。我尝疑原本应是黛玉先死，宝钗后嫁。又钗黛两人底关系，不完全是敌对的，详下宝钗条。描写潇湘馆底凄凉光景，已见上引。

（6）宝钗嫁宝玉后有下列三件事：（1）讽谏宝玉而宝玉不听，其时袭人已嫁。（2）与宝玉谈旧事。（3）宝钗追怀黛玉。

脂庚本戚本第二十一回总评："后回'薛宝钗借词含

讽谏，王熙凤知命强英雄'。今日从二婢说起，后文则直指其主。然今日之袭人之宝玉，亦他日之袭人之宝玉也。……何今日之玉犹可箴，他日之玉已不可箴耶。……箴与谏无异也，而袭人安在哉，宁不悲乎！"

又曰："文是一样情理，景况光阴事却天壤矣。多少眼泪洒与此两回书中。"

第二十七回评："杜绝后文成其夫妇时，无可谈旧之情。"

脂庚本第四十二回总评："钗玉名虽二人，人却一身，此幻笔也。……故写是回使二人合而为一，请看黛玉逝后宝钗之文字，便知余言不谬也。"

这最后一条四十二回底总评，戚本是没有的，却特别重要。这对于读《红楼梦》的是个新观点。钗黛在二百年来成为情场著名的冤家，众口一词牢不可破，却不料作者要把两美合而为一，脂砚先生引后文作证，想必黛玉逝后，宝钗伤感得了不得。他说"便知余言之不谬"，可见确是作者之意。咱们当然没缘法看见这后半部，但即在前半部书中也未尝没有痕迹。第五回写一女子"其鲜妍妩媚有似宝钗，其袅娜风流则又如黛玉"。又警幻说："再将吾妹一人乳名兼美，字可卿者许配与汝。"这就是评书人两美合一之说底根据，也就是三美合一。

（7）湘云嫁卫若兰，卫也佩着金麒麟。

> 脂甲本第二十六回总评："前回倪二紫英湘莲玉菡四样侠文皆各得传真写照之笔。惜卫若兰射圃文字迷失无稿，叹叹！"（按：侠者豪侠之意。脂庚本亦有此文，却分作两段，墨笔眉批，两条下各署"丁亥夏畸笏叟"。）
>
> 脂庚戚本第三十一回起首总评："金玉姻缘已定，又写一金麒麟，是间色法也，何颦儿为其所惑？"
>
> 脂庚同回回末评："后数十回若兰在射圃所佩之麒麟，正此麒麟也。提纲伏于此回中，所谓草蛇灰线在千里之外。"

这三条文字里，第一条告诉我们，卫若兰射圃文字也是"侠文"。豪侠之文对于描写闺阁本来是间色法。（此说据二十六回脂庚本另条眉批）作者也已经写了出来，只是迷失了。第二条说，金麒麟对于通灵玉金锁又是间色法。所谓间色法者就是配搭颜色而已，并非正文，"何颦儿为其所惑？"不料后来补《红楼》的要使宝湘结婚，皆为其所惑也。第三条写在回末，很可注意。戚本亦有，却写明"总评"，其实不是的，看脂庚本是没头没脑附在回末的，此评专为湘云找着了金宝底金麒麟而发，故曰"正此麒麟也"，非总评甚明。我在《红楼梦辨》有一段话是对的。今略修节抄录之。

湘云夫名若兰，也有个金麒麟，即是宝玉所失湘云拾得的那个麒麟，在射圃里佩着。我揣想起来，似乎宝玉底麒麟，辗转到了若兰底手中，或者宝玉送他的，仿佛袭人底汗巾会到了蒋琪官底腰里。所以回目上说"因""伏"，评语说"草蛇灰线在千里之外"。

现在只剩得这"白首双星"了，依然费解。湘云嫁后如何，今无可考。虽评中曾说"湘云为自爱所误"，也不知作何解。既曰自误，何白首双星之有？湘云既入薄命司，结果总自己早卒或守寡之类。这是册文曲子里底预言，跟回目底文字冲突，不易解决。我宁认为这回目有语病，八十回的回目本来不尽妥善的。

（8）凤姐结局很凄惨，令人悲感。曾因"头发"事件，跟贾琏口角。

脂甲本戚本第五回"一从二令三人木"下注："拆字法"。脂庚本戚本第十六回评："回首时无怪乎其惨痛之态。"

同书第二十一回起首总评："后回……'王熙凤知命强英雄'……但此日阿凤英气何如是也，他日之身微运蹇，亦何如是耶？人世之变迁，倏尔如此。"（此与宝钗谏宝玉连说，参看（6）宝钗项下所引两条。）

"拆字法"当然不懂，我看连高鹗也不懂，所以后四十回中毫未照应，评书人看见了原作后半，他当然懂了，所以说"拆字法"。我记得有一晚近的评本，猜作"冷来"二字，或者是的。但冷来亦不可解。"知命强英雄"很好的回目，也应该有很好的文章写出她末路的悲哀，所以令人洒泪也。《红楼梦辨》里以为琏凤夫妻决裂，凤姐被休弃返金陵，亦想当然耳，今不具论。此外更有"头发"事件。第二十一回，写贾琏密藏情人底头发被平儿发见了，她庇着贾琏瞒住凤姐，贾琏认为放在平儿手里，"终是祸患，不如我烧了他"，便抢了过来。

脂庚本戚本第二十一回评："妙。设使平儿收了，再不致泄漏，故仍用贾琏抢回，后文遗失，方能穿插过脉也。"

原来贾琏明说要烧，并不舍得烧，却收着，结果又丢了，被凤

　红楼梦研究

姐发现，想必夫妻因此大闹，或竟致于反目。

（9）探春远嫁。惜春为尼。

> 脂庚本戚本第二十二回灯谜，探春底是风筝，评曰："此探春远适之谶也，使此人不远去，将来事败，诸子孙不至流散也。"

她似乎一去不归的样子。惜春底谜是海灯。

> 同书同回评曰："此惜春为尼之谶也，公府千金至缁衣乞食，宁不悲夫！"

所谓缁衣乞食可作比丘底词藻看。她是正式出家为尼，与册子上画的大庙正合。还有两条均见第七回，惜春跟水月庵的小姑子说话一段。

> 脂甲本朱评："闲闲笔，却将后半部线索提动。"戚本评："总是得空便入。百忙中又带出王夫人喜施舍事，一笔能令千百笔用。又伏后文。"

是惜春底结局，作者已有成书了。

（10）袭人在宝玉贫穷时出家前，嫁蒋玉函。他们夫妇还供奉宝玉宝钗，得同终始。

> 脂庚本戚本第二十回评："故袭人出嫁后云，'好歹留着麝月'一语，宝玉便依从此语，可见袭人虽去实未去也。"
>
> 同书第二十一回起首总评："箴与谏无异也，而袭人安在哉，宁不悲乎！"
>
> 脂庚本第二十回眉批朱笔："袭人正文标昌（疑明字或曰字之误）花袭人有始有终。"
>
> 脂甲本戚本第二十八回总评："茜香罗红麝串写于一回，盖琪官（脂甲作棋）虽系优人，后回与袭人供奉玉兄宝卿得同终始，非泛泛之文也。"

看这四条袭人大约得了宝玉底许可，嫁给蒋玉函的，出嫁以后仍和宝玉宝钗来往，所以回目说她"有始有终"，评注说她"得同终始"；这又和传统的红学评家观念绝对相反的。即我在前书里亦深责袭人，不很赞成像这样的写法。现在知道，这是我们的一种偏见而已。不过却有一层，本篇为后半部辑佚，材料悉本"脂评",而脂评与作者之意,中间是否仍有若干距离?评者话虽如此,作者仍可能有微词含蓄不露而被忽略了,亦未可知。因为在八十回中作者对袭人一向褒贬互用,难道到了后三十回叙她嫁琪官,便一味的褒吗?按之情理殆有不然。我们固应当重视"脂评",但若径以它代作者之意,亦未免失之过于重视了。

(11)麝月始终跟着宝玉,直到他出家。这有两条评注:一条在第二十一回,已见本文(3)"宝玉做和尚"项下引;另一条即前引袭人说"好歹留着麝月"底上文,兹引如下:

> 脂庚本戚本第二十回评:"闲闲一段儿女口舌,却写麝月一人。袭人出嫁之后,宝玉宝钗身边还有一人,虽不及袭人周到,亦可免微嫌小弊等患,方不负宝钗之为人也。"

这当然合于第六十三回"开到荼蘼花事了"底暗示的。揣袭人"好歹留着麝月"一语底口气,大约宝玉要把所有丫环一起遣去,袭人麝月一并在内,袭人不得已自去,又不放心宝玉,故说留下麝月也。

(12)红玉(即小红)茜雪在狱神庙慰宝玉。这段故事很重要,在今本后四十回是毫无影响的,在残稿里却有一大回书。未引证以前，先得谈谈茜雪。这个人在后文出现，成为一个重要角色，是非常奇怪的。因为在八十回里，茜雪已被撵了，事见第八回、第十九回、第二十回、第四十六回。第八回宝玉喝醉了摔茶钟，为大家所习知。今引十九、二十、四十六回之文以明茜雪的确已去了。

> 李嬷嬷道："你也不必装狐媚子哄我，打量上次为茶撵茜雪的事我不知道呢。"（第十九回）
>
> 李嬷嬷见他二人来了便诉委屈，将前日吃茶茜雪出去和昨日酥酪等事，唠唠叨叨说个不了。（第二十回）
>
> 鸳鸯红了脸向平儿冷笑道："这是咱们好。比如袭人琥珀素云和紫鹃彩霞玉钏儿麝月翠墨，跟了史姑娘去的翠缕，死了的可人和金钏儿，去了的茜雪……"（第四十六回）

可见茜雪之去，远在宝玉诸人移居大观园以前，怎么在后三十回里又大显身手呢？莫非又把她叫了回来吗？还是她自动回来呢？这总是奇怪的。评书人当然知道，所以这样说："茜雪在狱神庙方呈正文。"（脂庚本第二十回）大概这是作者有意的安排，暂隐于前，活跃于后；换句话说，在第八回里所以要撵茜雪，正为将来出场底张本，眼光直注到结尾，真所谓"草蛇灰线在千里之外"了。以下更引脂评又关于红玉的三条。

> 脂甲本第二十七回总评："且红玉后有宝玉大得力处，此于千里外伏线也。"
>
> 同书第二十六回朱评："狱神庙红玉茜雪一大回文字惜迷失无稿。"
>
> 同书第二十七回叙红玉愿跟凤姐去，夹缝朱评："且系本心本意，狱神庙回内方见。"

所谓于宝玉有大得力处即狱神庙也。看这第三条似乎狱神庙事并牵连凤姐，她亦曾得红玉之力。脂庚本评更有自己打架的两条：

> 脂庚本第二十七回眉评朱笔："奸邪婢，岂是怡红应答者，故即逐之，前良儿，后篆儿，便是却（确之误）证，作者又不得可也。己卯（一七五九）冬夜。"
>
> 同前："此系未见抄没狱神庙诸事故有是批。丁亥（一七六七）夏畸笏叟。"

相隔有十二年之久，殆系一人所批，而前后所见不同。红玉也是早先离开怡红院，后来大得其力，和茜雪的生平正相类，作者底章法固如此。评书人最初亦不解，必俟看了后文始恍然耳。在此又将抄没跟狱神庙连文，可见抄没以后，贾氏诸人关进监牢，宝玉、凤姐都在内。其时奴仆星散，却有昔年被逐之丫环犹知慰主，文情凄惋可想而知。（"慰宝玉"明文在脂庚本二十回，见下引。）

（13）末回情榜备载正副十二钗名字共六十人，却以宝玉领首。每个名字下大约均有考语，现在只宝玉黛玉底评语可知。

脂庚本第十七十八合回初叙妙玉下有长注，眉评朱笔："树（误字）处引十二钗总未的确，皆系漫拟也。至末回警幻情榜方知'正''副''再副'及'三''四副'芳讳。壬午季春畸笏。"

有人说："壬午季春雪芹尚生存。他所拟的末回有警幻的情榜。这个结局大似《水浒传》的石碣，又似《儒林外史》的幽榜。这回迷失了，似乎于原书价值无大损失。"（《跋脂庚本》）我底意见和他不很相同，如此固落套，不如此亦结束不住这部大书；所以这回底迷失，依然是个大损失呵。

十二钗底"正""副""再""三""四"，共计六十人。正册早有明文不成问题，副册以下，问题很多，值得注意的即上文所谓那段长注，兹节抄如下：

> 脂庚本（戚本）第十七十八合回注："……后宝琴岫烟李纹李绮皆陪客也，《红楼梦》中所谓副十二钗是也。又有又副册三断词乃晴雯、袭人、香菱三人而已，余未多及，想为金钏玉钏鸳鸯茜雪（脂庚原作苗云，两字均系抄写形误，戚本作素云乃后人不解妄改，以致大误。）平儿等人无疑矣。观者不待言可知，故不必多费笔墨。"

这儿提出一个很重要的事情，原来香菱不在副册，却在又副册里。我以为这个分法是对的，其理由在此且不能详说。那末，第五回宝玉看香菱底册子是怎样叙述的呢？这问题是必须回答的。兹引程甲本戚本脂庚本之文，（脂甲本不在，不能检查）在宝玉看了又副册晴雯袭人以后。

> 宝玉看了不解，遂掷下这个，去开了副册橱门，拿起一本册来，揭开看时，（程甲本）

从这书看，香菱在副册上甚明，但再看下引：

宝玉看了不解，遂掷下这个，又去开了一副册橱门，拿起一本册来，揭开看时，（戚本）

　　宝玉看了不解，遂掷下这个，又去开了副册，拿起一本册来，揭开看时，（脂庚本）

脂庚本有脱落，如“橱门”两字是不能少的，而“副册”上又落了一个很重要的字。戚本最好。“一”字虽系误字，但却保存了“副册”上还有一个字底痕迹，如把这“一”字校改成“又”字，便完全对了。程伟元高鹗不解此事，或者看了抄本作“一副册”而不可解，便删去“一”字，又或者他所据本根本没有这“一”字，如今脂庚本；他们以为宝玉先开又副册橱门，后开副册橱门，即无所谓“又”，于是把“又去开了”底“又”字一并删去；香菱从此安安稳稳归入副册，而且高居第一位，实在她是又副册里第三名呵。这段公案现在总算明白了，却因此未免多费笔墨哩。“情榜”既不可见，上引脂本底评注，因评书人既亲见这榜，自然不会错的。

　　“情榜”六十名都是女子，却以宝玉领头，似乎也很奇怪，第十七回起首戚本总评，“宝玉为诸艳之冠”是也。（脂庚本作贯。）而且各人都有评语。现在剩得宝黛底两个了。观下引文，知宝玉列名情榜为无可疑者。

脂庚本戚本第十九回评："后观情榜评日'宝玉情不情，黛玉情情'，此二评自在评痴之上，亦属囫囵不解，妙甚。"

同书第三十一回总评："撕扇子是以不知情之物，供娇嗔不知情时之人一笑，所谓情不情。金玉姻缘已定，又写金麒麟，是间色法也，何颦儿为其所惑？故颦儿谓情情。"

别处还偶然说到，今不具引，最重要的只这两条。情榜评得真很特别，自非作者不能为也。

上举凡十三项，我们现今所知后三十回底情形，大概不过如此，真所谓"存什一于千百"，此外便都消沉了。当时究竟写了多少，写成怎样一个光景也很难说。回目确是有的，是否三十回都有回目呢？假如都有，便是结构完全了；假如不都有，便还只有片段。揣其情理，既曰"后三十回"，似目录已全，不然评书人怎么知道这个数目字呢？不过话也难定，也许作者口头表示过，我还有三十回书如何如何。这总之都是空想。至于本文如何，更不好决定了。我想没有完全写出，至少没有完全整理好。这个揣想不会大错。因若果有成书，便可和八十回先后流传，或竟合成一部付诸抄写，不会有亡佚之恨了。即在前半部中且尚有未完文字，如第二十二回畸笏叟即叹其未成而芹逝矣，岂但悬崖撒手文字不能得见已也。所以本书底未完，不成问题，不过已完成的确也不太少，东鳞西爪有好几大段，不幸中之不幸，一起迷失了。

评文屡称"迷失"，这儿我又来这一套"迷失迷失"，究竟怎样会迷失了呢？我想，在读者是必有的问题。我引脂庚本朱批一段，有一部分上已分引，因为重要，不避重复再引之。

脂庚本第二十回眉评："茜雪在狱神庙方呈正文。袭人正文标昌'花袭人有始有终'。余只见有一次誉清时，与狱神庙慰宝玉等五六稿，被阅者迷失，叹叹！丁亥夏畸笏叟。"

看这段批评，我所提出两个问题都已解答了。原来雪芹生前，后三十回书有五六段的誉清稿子（可能这五六稿并连接不起来），却被一个人借看轻轻把它丢了。这位先生眼福真奇绝，却无端成为千古罪人！

这样丛残零星的稿子，因雪芹死的时候景况非常萧条，所以很快的就散失了。到高鹗续书时（一七九一）不到三十年，残迹全消，即后回之目录也不见人提起，所以程高二子才敢漫天撒谎，说什么"原本目录一百二十卷"，在故纸堆中找到

红楼梦研究

二十余卷，又在鼓儿担上凑足了十余卷，非但狗尾续貂，而且鱼目混珠自夸自赞；虽然清代也有几人点破这个（如张问陶诗），可是大家总不大去理会，只囫囵地读了下去，评家又竭力赞美这后四十回，光阴易过，不觉一混就一百多年，直到今日接连发见了几个脂砚斋评本，方始把这公案全翻了过来。我这文虽然写得很不完全，却也把有些零星的材料汇合整理一番，使读者了解作者底意思比较容易一些；能够这样，在我又是意外的喜悦了。

一九五〇，十，二十八。

"寿怡红群芳开夜宴"图说

　　事见《红楼梦》第六十三回，它的叙述很详细并有行令的点数，依次推之，可得大凡。丙子年八月尝为之图，历十有二载，弃置尘箧，近废纸矣。顷检得之重加校订，就正于世之好谈"红学"者。

　　先得知道是晚席上的总人数，不然则无从计算，幸而本书上这点颇为分明：

> 　　袭人笑道："你放心，我和晴雯麝月秋纹四人，每人五钱银子，共是二两；芳官碧痕春燕四儿四个人，每人三钱银子；他们告假的不算，共是三两二钱银子……我们八个人单替你做生日。"

连宝玉为九人，后来邀请的客人，依本书叙述的次第，为宝钗

　　　　　　　　　　　　　　　　红楼梦研究

湘云黛玉探春李纨宝琴香菱七人：共十六人。

　　这八个主人都坐在炕沿下，"袭人等都端了椅子在炕沿下陪着"可证。炕上八个人围坐，黛玉的位置最先见记，靠着板壁。

　　　　宝玉忙说："林妹妹怕冷，过这边靠板壁坐。"又拿
　　了个靠背垫着些。

在炕的横头，观北地房屋的构造易明。但宝玉所谓"这边"，到底那一边呢？却稍费思索。想情理，他怕不会一来就高高的坐在上首罢，当是下首。假定室南向，黛玉应靠西板壁而坐，离桌又较远，实系孤零零的躲在一边，记言"黛玉却离桌远远的靠着靠背"是也。

　　黛玉不依东壁坐这一点，仅依人情礼貌揣测或者还不够明确，仍须借重本书所记的酒令点数。依据这点数及其他叙述，知居黛玉左者尚有五人。若黛靠东壁，即左壁，这五个就没处坐，得坐在炕沿下去，而炕上反空空如也，显然于情事不合。

　　黛玉的位置既定，次有湘云宝玉。记上于湘云掣签后说，"恰好黛玉是上家，宝玉是下家"，是黛下湘云，湘下宝玉之证。宝玉坐位已到西首炕边，在炕上的末位。这个位置分明合于咱们的想像。这晚他名为特客，实是主人哩。我们决不能想

像他坐在姊妹们的上首，或杂在她们之间的坐位上。

黛玉的上首有李纨。她抽的签上说，"自饮一杯，下家掷骰。"就将骰递给黛玉，可证。故在炕桌上的右翼四人的位置均有明文。左四人和炕下的八个侍儿须用骰点推得之，未掷骰而有别的事情的记载可以想像得之，二者俱无，只好从缺，好在所缺的并不多。

当先知行令的方法，顺手右行与现今习惯同，换言之其上家下家如打麻将，不如打桥或扑克也。计算骰点，向有离位与不离位之别。离位的本人不算，不离位的连本人算。究竟那晚上行的令离位算或不离位算呢？似乎是个难题，然而并不难，书上把这桩事记得很好。于李纨将骰递给黛玉后，"黛玉一掷，十八点，便该湘云掣。"这几个字是很清楚的。故图注《金玉缘》本于此下夹评，"十八点到湘云，坐次分明。"按总人数为十六，湘云在黛玉下首，黛玉十八点至湘云，可证行令数点子不离位算。从黛玉本人数起，转一圈回到自己，再加一点到湘云，恰合十八点之数。倘若离位算，该到宝玉，不该到湘云。

至于用几颗骰子，也很难说，假定为四颗。从下列的表上看，顶大是二十点，其不能少于四颗甚明；顶小的是六点，大约也不会是六颗。若用六粒骰子，晴雯开首一摇便得全幺，似乎有点儿古怪。自以四颗骰子之说为较合理也。兹依本书次序，以行令的点子列表如下：

晴雯六点至宝钗（六疑为五之误）

宝钗十六点至探春

探春十九点至李纨（李纨不掷顺递给黛玉）

黛玉十八点至湘云

湘云九点至麝月

麝月十九点至香菱

香菱六点至黛玉

黛玉二十点至袭人

这表和下席次图都经过修正，我感谢周衡先生的远道指正。原来认为有误的湘麝两条，现在知道本没有错。湘云九点，各本均同。麝月十九点，正据脂庚本，有正本之文。但晴雯至宝钗应作五点，非六点。这样校勘比较合理。一字之误，平常事；但接连错了两处便不大近情理。本文所以致误，今亦不得知。可能是笔误。也可能由于"离位""不离位"偶然算错了。我想，后一说的可能性还要大一些。

十六人中行令者九人。此九人中炕上占了六位。宝玉未行令，位置已定，见上。此外只有宝琴未行令，并无甚特别的事可说，但炕上只剩一空位，自非伊莫属。炕上八位加炕下的三个，可知者共得十一人，其不可知者五人。芳官疑在袭人的肩下，其说详后。现在只有四位不确定，碧痕秋纹春燕四儿，却都不是怡红的重要角色，遂漫事填补之。春燕四儿最幼，在未并桌子以前原在炕沿下坐着的，兹仍屈她两末坐，想没有什么不妥罢。

上表所列行令之序不必都有什么暗示，但也有和"红学"的传统观念有关而值得提出的。以晴雯起，以袭人结，是章法之一；由晴雯传到宝钗起令，由黛玉传到袭人收令，是章法之二；我们对这些不必有太多的兴味，但既为作者有意的安排，某一着棋子有他的作用，自非泛泛笔也。请参看下图（见下页），若与原文仔细对照自更分明了。

先说炕上布置的情形，客来之先，袭人说："不用高桌，咱们把那张花梨圆炕桌子放在炕上坐，又宽绰又便宜。"所谓宽绰指有余地而言，而炕之大又可知，即为下文"并一张"的张本。炕桌原不甚大，此花梨圆桌虽可摆得四十个碟子，但书上说明每一个都"不过小茶碟大"，又从坐位的多少可以傍证。记曰，"春燕四儿因炕沿坐不下，便端了两个绒套绣墩，近炕沿放下。"一席九人，已有两个坐不下，然则此桌至多能容七人。而这七个人或者坐得很挤——这当然有点想像。

后来又添了七位客，宝玉又必须上炕，自须另行改组扩展席面，"炕上又并了一张桌子"是也。

如何并法？炕既系扁方形，两张圆桌，横列为宜。若纵列，无论炕多大，总不应该有那么深，一也；黛玉靠着西头板壁，虽说"离桌远远的"，但亦不至过远与合座隔离，二也；炕下列八侍儿，横排犹可勉强，纵列只一桌地位，只一小圆桌

红楼梦第六十三回
寿怡红群芳开夜宴
席次图
丙子八月秋荔亭戏拟
癸巳正月槐屋重订

炕上又并了一张桌子
炕下围着八侍儿

东　　　西

香菱　　　　　宝玉
宝琴　　　　　芳官
黛玉　　　　　玉钏

宝钗　李纨

北

地位，如何挨挤得下，三也。横排如今图原不成问题的，我从前却几乎弄错了，故虽费话不嫌多说也。

诠明图中的席次以后，再讲这回书。图出于书，图方可信，以书合图，书乃更明。从黛玉说起，她一进门，宝玉忙说，"林妹妹怕冷，过这边靠板壁坐"，空里传神之笔。宝玉原在主位，以"怕冷"为由，叫黛玉亦坐在他那边去，所以有"过这边"之说。这边者西边也。嘘寒送暖情有独钟，然而终不遂者，岂非"莫怨东风当自嗟"乎。

书上接着说：

> 黛玉却离桌远远的靠着靠背，因笑向宝钗李纨探春道："你们日日说人家聚赌，今日我们也如此，以后怎么说人？"李纨笑道："有何妨碍，一年之中不过生日节间如此，并没夜夜如此，这倒也不怕。"

看书到这里，总不过为钗纨探是管家的人所以对她们说这话。现在我们并晓得三个人一溜儿坐在黛玉的上首，竟是黛玉脸冲着她们，却并不是一大堆人中特意儿挑出三位管家的来说话。即使要说，向着三人中之任何一人也就够，本无须乎把人找齐全了再言语的，然而今并叙三人者只是巧得很，自然得妙。依图观之，光景分明。

细辨之还有一小点，图上黛玉左首李纨，再过来宝钗探春，应说李纨宝钗探春才对，现在为什么叙作"宝钗李纨探春"呢？若非信笔，当有所为，可以有两说：那晚的席次，宝钗首坐，李纨二，探春三，黛玉四，然后宝琴湘云香菱宝玉。其叙三人依席次，一说也。书中黛发嘲讽，每对宝钗，今首提宝钗，岂非黛意有所偏注乎？下文跳过宝钗，仍用李氏作答，岂非宝钗不语或付之一笑乎？以文意之重轻为先后，此其二也。

起令用晴雯，方法很特别。（一）谁都抓签，但晴雯不抓签。（二）行令掷色，下文屡见，"湘云拿着他（探春）的手，强掷了个十九点出来"，尤为手掷之明文，但晴雯却把骰子盛在盒内摇了一摇。是否起令之法该当如此，抑另有别情。但晴雯的签实在无法抓的。她要抓，一定是芙蓉。那么，叫黛玉抓什么呢？①

---

① 周衡先生于一九五二年十月二十七日给我的信上说，晴雯非起令，只是定庄。他说："怡红院人物中晴袭二人常相提并论的，如果他二人，一个安排在东边第一，一个排在西边第一，岂不适当。酒令从晴雯开始，是因为她坐在东边炕沿下第一位的缘故。她取来骰子和签筒，也很自然。晴雯也不是起令而是定庄，（看该谁先掷的意思）所以她并不掷，只把骰子盛在盒内摇了一摇。"我想他说得都很对。他赞同我的骰子用四颗之说；却又说："定庄时可能是用两颗，甚至一颗。"据他所知，各种游戏用骰子定庄时，一般都只用两颗。周君这些话，亦可备考。

递到宝钗，得牡丹花，题着"艳冠群芳"，又注着"此为群芳之冠"。《红楼》一书中，薛林雅调称为双绝，虽作者才高殊难分其高下，公子情多亦曰"还要斟酌"，岂以独钟之情遂移并秀之实乎。故叙述之际，每每移步换形，忽彼忽此，都令兰菊竞芬，燕环角艳，殆从盲左晋楚争长脱化出来。或疑为臆测，试以本书疏证之。

从大处看，第五回太虚幻境的册子，名为十二钗正册，却只有十一幅图，十一首诗，黛钗合为一图，合咏为一诗。这两个人难道不够重要，不该每人独占一幅画儿一首诗么？然而不然者，作者的意思非常显明，就是想回避这先后的问题。或者有困难，或者故弄狡狯，总之他是不说哩。至于新制《红楼梦曲》除首尾各一支不算，十二钗恰好得十二支，那总应该分了先后罢。不然。它的安排也很有趣味的，始终被他逃避过了这先后的问题。因为第一支《终身误》钗黛合写；第二支《枉凝眉》独咏潇湘，在分量上黛玉是重了一点，但次序上伊并不曾先了一步，可见作者匠心，所以非泛泛笔也[1]。

---

[1] 此外还有一说当时却没有想到的，即第四十二回脂砚斋评所谓"钗黛合而为一"之说。这似乎很奇不可信，但从十二钗正册因钗黛画在一幅上所以只有十一个图这个暗示看来，此说也有它的道理。况且脂斋他看过后部《红楼》，至少也看过一大部分，自然要比咱们知道得清楚了。

以后的叙述，这先后的问题当然常常要触着的，而且有时必须分出谁是第一，谁是第二来。上文表过，那就照抄《左传》晋楚迭为盟主的老调。第三十七回，白海棠首社，钗第一，黛第二，怡红公子抗议亦复无效。到第三十八回目录曰"林潇湘魁夺菊花诗"，对上一句"薛蘅芜讽和螃蟹咏"。其文则曰，"今日公评，咏菊第一，问菊第二，菊梦第三"，元眼花由黛玉一人包办，难怪宝玉喜的拍手叫道"极是，极公"。宝钗诗呢却考列第七第八。本回之末，宝钗做了一首咏螃蟹的诗，众人看毕，都说："这方才是食蟹的绝唱，这些小题目原要寓些大意思，才算大才。"那时黛玉所作早已一把撕了，命人烧去，固当有崔颢题诗之感。巧为斡旋，痕迹过于刻露，不得谓为佳胜，但作意非凡显明。

自此以往，清响寂寥，惟芦雪梅英堪称胜会，而联吟分咏，殿最无闻焉。至第七十回"林黛玉重建桃花社"，虚有其说旋又中阁，黛玉却有《桃花行》之作，书中有这么一节，兹全录之。

宝玉看了，并不称赞，痴痴呆呆，竟要滚下泪来，又怕众人看见，忙自己拭了，因问："你们怎么得来？"宝琴笑道："你猜是谁做的？"宝玉笑道："自然是潇湘子的稿子了。"宝琴笑道："现在是我做的呢。"宝玉笑道："我不信，这声调口气迥乎不像。"宝琴笑道："所以你不通，难道杜工部首首都作'丛菊两开他日泪'不成？一般的也有'红绽雨肥梅''水荇牵风翠带长'等语。"宝玉笑道："固然如此，但我知道姐姐断不许妹妹有此伤悼之句，妹妹本有此才，却也断不肯做的，比不得林妹妹曾经离丧，作此哀音。"

此固事实，亦世情语。妹妹在此当然只是姐姐的替身。宝玉不信宝琴会做，难道当着面说你不会做，或你做不出不成？但他心里固以为此诗断不许第二人作也。故语虽微婉，旨甚坚决，尊林抑薛，意在弦外。可是本回接着写填柳絮词，宝钗的《临江仙》，众人拍案叫绝，都说"果然翻的好！自然这首为尊。缠绵悲戚让潇湘子"。原来又回到咏白秋海棠这上来了。

今按"寿怡红群芳开夜宴"这一回书目自以宝玉为主而特尊宝钗，又与第三十六回"绣鸳鸯梦兆绛芸轩"同义，言钗终将入主怡红也，故抽得花王之签，而居第一座。黛玉却离桌远远的，躲在一畸角上，前记宝玉云云，似乎特致殷勤，《金玉缘》本评曰"过这边，自然宝黛同坐"是也。然而钗居上席，黛独隅坐，此种非常的布置已在暗中完成，若非绘而出之，读者或不易觉得。又众人都笑说，"巧得很，你也原配牡丹花"，与下文众人笑说，"这个好极，除了他别人不配做芙蓉"，遥遥相对，此文家一定之法也。

宝钗叫芳官唱曲，先唱"上寿"后来改唱"扫花"，似为平常的记述，从度曲的情形想去亦有别趣，书上说：

> 芳官便唱："寿筵开处风光好。"众人都道，"快打回去，这会子很不用你来上寿。拣你极好的唱来。"芳官只得细细的唱了一支《赏花时》——"翠凤毛翎扎帚叉，闲踏天门扫落花"才罢。

"上寿"虽系应节，却是粗曲，所以都说"快打回去"。可有一层，大凡唱曲的情形，开口只两三个字便可知其何曲，所以许多曲子虽有牌名，而伶工或曲友毫不理会它，只以曲文首三字代之，如唱惨睹倾杯芙蓉，只说"唱收拾起"，如唱弹词一枝花，只说"唱不提防"，所以有"家家收拾起，户户不提防"之说也。

既然大家不乐意听，又说"快打回去"，芳官为什么已唱完一句呢？必对照旁谱方知其神情之妙肖。这是照例的开场戏，牌名为《山花子》，只有四板合八个拍子。节奏非常急遽，所以一面自唱，一面连喝打住，而已唱了一句也。至于改唱的《邯郸记》扫花曲子，有含意否不得而知。但那晚芳官是主要的脚色，伊没抽签，大约以唱曲代之。高氏续书补出芳官入道，谅与作意不违。《金玉缘》本夹评曰："才赏花，已扫花。却尘缘，归离恨，归水月，一齐都到。"却似求之过深，大意或不误耳。

然后说到宝玉。宝玉却只管拿着那签，口内颠来倒去念"任是无情也动人"，听了这曲子，眼看着芳官不语。此双管齐下写法，神情表里俱到。签上那句诗，宝玉颠来倒去的念，特致郑重之意，实暗暗关合第二十八回"薛宝钗羞笼红麝串"之文。按这段书在八十回内为太虚幻境以后最重要的全书人物的提纲，而为群芳与宝玉关系及其身世之总结。所以借重李氏口中说："好极！你们瞧这行子竟有些意思。"是的，有些意思。

有远应前者，如宝钗掣签与二十八回或三十六回"绣鸳鸯梦兆绛芸轩"相应是也。亦有近应前者，如湘云之签应"憨湘云醉眠芍药裀"；香菱之签应"呆香菱情解石榴裙"是也。（俱六十二回）亦有应后者，如黛玉的芙蓉签应后七十八回"痴公子杜撰芙蓉诔"，《金玉缘》评曰"已到芙蓉诔"是也；亦有应后，虽后文不可见而可见其极重要的，如袭人改嫁别有天地固无论已，麝月签诗为"开到荼蘼花事了"直到全书的最后。所以麝月问："怎么讲？"宝玉皱皱眉儿，忙将签藏了，说："咱们且喝酒罢。"结尾境界之萧飒，其文虽不可读，而犹堪想像见之也。

再看这一段，也很有趣味。

　　说着，大家来敬探春。探春那里肯饮，却被湘云香菱李纨等三四个人强死强活，灌了一钟才罢。探春只叫蠲了这个，再行别的，众人断不肯依。湘云拿着他的手，强掷了十九点出来，便该李氏掣。

按图，探春的左右邻为薛氏姊妹，而书中只言湘菱纨三四个人。不言宝钗者，可能在内，不大起哄，故略之。不然，三个有了明文，第四个谁呢？不该宝玉，也不会是黛玉罢。不言宝琴者，想见伊人之温文腼腆，固一字不提而神情宛在，此所谓不言之言，无文字处有文字也。湘云把着探春的手掷骰，看图，中间隔了两位似乎稍远了些，但此写湘云之豪迈，炕桌本不大，或者无妨罢。

描写湘云一段必须与上回合看，与香菱这一段相同。《金玉缘》第六十二回夹评及护花主人大某山民总评有"此书造孽处""描写意淫""媟昵之痕西江不能濯",我们不必完全同意。但《红楼》之脱胎于《金瓶梅》,自无庸讳言。即在本回借探春评这酒令"这原是外头男人们行的令,许多混账话在上头",岂非作者之微词乎?所以不必完全否认这个。

湘云掣的签,该宝黛喝酒,两个人都没喝多少。书上说,"宝玉先饮了半杯,瞅人不见递与芳官,芳官即便端起来,一仰脖喝了。"这亦须与图合看,芳官不曾行令原不知她的位置,借此可以晓得必和宝玉坐得很近。原来二人之间,只隔袭人,所以宝玉可顺便请伊代酒。但"瞅人不见",宝玉以为如此,在作者云云则未免英雄欺人之谈。别人或者不见,其实见不见也难说。袭人何容不见?想必装作不曾见罢。席上风光,莺娇燕妒,极旖旎之文情矣。

现在只剩黛玉了,她掣的签是芙蓉,诗曰"莫怨东风当自嗟",再明白没有。可注意的,她和晴雯的纠缠。自来评书的人都说晴为黛影,从这回书看确乎不错。晴雯为芙蓉无疑,而黛玉又是芙蓉。已在上文表过,晴雯不抽签者,实无签可抽也。那么谁是芙蓉呢?严格说起来晴雯并不配芙蓉,其证如下:

宝玉忙道:"你不认得字所以不知道,这是原有的。不但花有一花神,还有总花神。但他不知做总花神去了,还是单管一样花神？"这丫头听了，一时诌不来。恰好这是八月时节园中池上芙蓉正开，这丫头便见景生情，忙答道："我已曾问他，是管什么花的神？告诉我们，日后也好供养的。他说，你只可告诉宝玉一人，除他之外不可泄了天机，就告诉我说，他就是专管芙蓉花的。"（第七十八回）

根据只是小丫头一时诌不来的胡诌，痴公子信以为实，遂大做其《芙蓉诔》，所以回目说"杜撰芙蓉诔"。细想也很不通，文章出于创作，创作即是杜撰，何杜撰之有？杜撰者本非芙蓉，而愣说他是芙蓉也。

配芙蓉的是黛玉，亦只有黛玉才配，所以在第七十九回中流传的名句"茜纱窗下，我本无缘，黄土陇中，卿何薄命"，明把这《芙蓉诔》归之黛玉，而她听了自己的挽歌"陡然变色，无限狐疑"也。以诔晴雯，未免拟不于伦，小题大做，岂真的杜撰耶？本回则曰："黛玉默默地想道，不知还有什么好的，被我掣着方好"，可见特别郑重丁宁。她掣签以后，众人笑说："这个好极，除了他，别人不配做芙蓉。"此乃论定之词。"黛玉也自笑了"，她自己亦承认了。

我平素于"红学"不喜欢说某为某的影子，但从上述之点看，晴黛为二而一者殆不成问题。袭之于钗固当别论，类推之法未足凭也。袭人掣的签，桃花轻薄，别抱琵琶，评者辄以为暗骂宝钗，又读"武陵别景"之景为影字，景者影也。这我不大赞成。至少，袭人并不与宝钗合抽一签如晴黛之例；故纵有关合亦不必如是之密切。但评家总好右黛左钗，故不恤深文周内也。至于袭人之应否受贬，作者主意如何，这是另外的问题，今且不谈。

正书完了，余文则有平儿明晨过来，晴雯笑道："可惜昨夜没他。"平儿忙问："你们夜里做什么来？"袭人便说："告诉不得你。昨日夜里热闹非常，连往日老太太太太带着众人顽，也不及昨儿这一顽。"则此会之重要可知，而平儿之补出决非偶然笔。宝玉后来又看见砚台下压着一张纸写着"槛外人妙玉恭肃遥叩芳辰"。看毕，直跳了起来，忙问"是谁接了来的，也不告诉"。名说为题外闲文，实系本篇的特笔也。

盖怡红庆宴，极盛难再，虽似芳菲繁会，却已蝼尾余香。那牡丹虽好，他春归怎占的先，岂必待风露清愁始悲婉晚耶。正册之妙，副册之平，并为姝艳眉目，云罗虽宽，宁漏吞舟之鱼。众人听了道："我当是谁，大惊小怪，这也不值的。"槛外即局中人，斯其证也。必须都到者文外之真情，不必都到者

书中之实事，故言不尽意，笔不到而意到也。文章极离合之致
澹沲之神，如藕断丝牵波摇云影然。按《红楼》一书今只残
篇，续作庸音难传神理，凡情谬赏芳华，多情或伤憔悴，而良
工苦心埋没多矣，真人间一大缺陷也，如右所陈皆为形迹，聊
资谈助而已，作者之心夫岂然耶。

一九四八，五，二一写。一九五三改定。

红楼梦正名

　　《红楼梦》究竟该叫什么名字呢，这是很有兴味的问题。似乎正式的名字是《石头记》，但是大家自来都叫它作《红楼梦》。是否弄错了还是合于作者的原意，好像不见有人正式表示意见。况且所谓红楼究竟是什么楼，在书中宁荣二府那一部分，亦不见有人谈过。若说虚拟，他又为什么要虚拟呢？这些都是问题，需要回答的。

　　这书最早的刻本，即清乾隆时程伟元排本，程序上说"《红楼梦》小说本名《石头记》"①，但程伟元为什么不用这本名，却用《红楼梦》做书名呢？他不曾有所说明。高鹗序

------

　　① "《红楼梦》小说本名《石头记》"一语，我检程甲、程乙本、道光壬辰本都如此，程伟元序确是这样写着的。但一九二七年的亚东本，标明翻印程乙本，却作"《石头记》是此书原名"，这意思没有太大的出进，文字却不同，我不知他根据什么本子有这样的异文。就是胡适的《考证》引程序，亦是这样的文字，不知什么原故。

上便说"予闻《红楼梦》脍炙人口者几二十余年",照兰墅的意思,当时流传人口的名字确是《红楼梦》。程高根据了这个事实,所以叫他《红楼梦》的。他们要迎合群众的心理,就不管作者的原名了。事实好像如此的。究竟是不是呢,看下面自明。

在比刻本更早的抄本这一个系列里,大都是用《石头记》作书名的。我们先看通行的有正书局石印本,有吾乡戚蓼生的序,简称戚本。戚序云"竟得之《石头记》一书",他呼这书为《石头记》。有正老板印这书,里面还写《石头记》,不过首页大标题及书签却已改题《红楼梦》,这是积重难返,他怕改用古名会妨碍书的销行,不足深论。现存的两个脂砚斋本都写作《石头记》,不成问题。这样看来,《石头记》是此书本名原名毫无问题的了。我却以为不尽然。这个问题很复杂,并不能如此简单地解决的。我不但确认清乾隆时人都称它为《红楼梦》,我甚而至于进一步假设作者自己当日也叫它为《红楼梦》的。所以我们现在用《红楼梦》来作书名,一点也不曾错。下边即说明这个见解。

谁都知道"红楼梦"是一套曲子的名称,见本书第五回,拿它来做全书的名,似乎不合。仔细研究并不如此。红楼梦这个名词可以有三个不同的解释,由狭而广,有小名、中名、大名的分别。

小名即曲子名，如上所说。程本第五回目云"警幻仙曲演红楼梦"。脂砚斋甲戌本云"开生面梦演红楼梦"。脂砚斋庚辰本云"饮仙醪曲演红楼梦"。脂甲戌本凡例上说"如宝玉作梦，梦中有曲，名曰红楼梦十二，此则红楼梦之点睛"，此言是也。

为什么说此外还有一个中名，一个大名呢？原来这小说跟别的小说不同，名号繁多，除掉若《金玉缘》为后人所起的名以外，在本书上就有一大堆。现在引通行的程伟元甲本之文为例。

> 空空道人……遂改名情僧，改《石头记》为《情僧录》。东鲁孔梅溪题曰《风月宝鉴》。后因曹雪芹于悼红轩中披阅十载，增删五次，纂成目录，分出章回，又题曰《金陵十二钗》，并题一绝，即此便是《石头记》的缘起。诗云……《石头记》缘起既明。（第一回）

这里面名目繁多，却看不见"红楼梦"三字。但最早的脂砚斋甲戌本文字跟这个不同，在"改石头记为情僧录"下面多了这样的九个字：

至吴玉峰题曰《红楼梦》（下文同程本）

这样说起来，"红楼梦"虽是曲名（小名）；同时也是书名，跟"情僧录""风月宝鉴""金陵十二钗"站在一排上（中名）。为什么不能算大名呢。因为最后还归到"石头记"这个名目上去。程本之文已见上引。再看脂本，脂甲在"诗云"以下有这样的文字：

"至脂砚斋甲戌抄阅再评，仍用'石头记'。出则既明。"所以无论脂评本，程刻本，都是始于石头，终于石头，"石头记"才是书的正名（大名），而现存的各抄本又均以"石头记"为名。这还不够证明这个吗？

但我为什么偏要说"红楼梦"是大名呢？假如"石头记"是大名，则"红楼梦"便是更大的大名。这话说起来相当的曲折。我们知道这书的发展，依年代来排列版本，大概是这样的：

脂甲戌本—脂庚辰本—戚本—程排甲本

（1754） （1760） （？） （1791）

所以甲戌本最早，最近于作者初稿，那末，为什么初稿有"吴玉峰题曰《红楼梦》"，而以后的各本都没有了呢？这不是傍人所删，乃是作者自己删去的。因脂庚辰本评于乾隆庚辰，离曹雪芹之死尚有三四年，但脂庚辰本已没有这一句。

作者为什么要删去呢？这我们当然不好回答。答语总未免有些揣测。作者不愿意把"红楼梦"当作书名吗？不是的。他大概不愿把它当作中名用，不愿把它排列在"情僧""风月""十二钗"这个系列里，因为这些名字都非正式之名。试问您，能在任何书店买到一部"情僧录"么？一部"风月宝鉴"么？一部"金陵十二钗"么？这些假想中的名字只用来表示本书某种的涵义因素，本不是书名。但"红楼梦"却与此不同。它不但是书名，而且人人口头的、真实的书名。若排在一起，便混而不清。我想为了这个原故，所以作者要删。删却之后，"红楼梦"即非中名，只剩了一个小名，跟一个大名。下面申说它应该是包括了"石头记"，为全书之总称。

我先从事理方面推测，然后再提证据，"石头记"的解释为石头上所记。如本书第一回说：

《石头记》缘起既明，正不知那石头上面记着何人何事。看官，请听。按那石头上书云：当日地陷东南……（程本）

出则既明，且看石上是何故事。按那石上书云：（夹评，"以下系石头上所记之文。"）当日地陷东南……（戚本）

"当日地陷东南"以下方才是石头记的文字，戚本夹评（即是脂评）说得很明白的，那么在这上面的一千六百字（我没有细数，大概如此）叙石头的来历，不在石上所记的

　　　　　　　　　　　　红楼梦研究

范围，算他什么呢？再说本书没有写完，假如写完了，必有这石头的收成结果，也不该在"石头记"的范围里甚明。所以我说"石头记"这名字还不能包括全书。

看脂砚斋甲戌本评，也可以明白这个。在本书初用"石头记"这三个字时，评曰："本名。"（第一回）在本书初用"红楼梦"这三个字时，评曰："点题，盖作者自云所历不过红楼一梦耳。"（第五回）这最能表示"石头记"和"红楼梦"的区别，便也牵连到石头和作者的区别。石头和作者是一是二，固不易分辨，但的确有广狭之分。譬如我们尽不妨说，书中的一切人物都是作者的化身，但却不能说都是石头的化身，所以在《红楼梦引子》"开辟鸿蒙，谁为情种"下脂评曰："非作者为谁？余曰，亦非作者，乃石头耳。"（甲戌本，戚本同）可见作者跟石头是多少有点区别的。

但最明白的证据，却在脂甲本的《凡例》上。《红楼梦》各本皆无《凡例》。脂甲本开卷便有《凡例》，又称红楼梦旨义，其中颇有可注意的话。

《凡例》——红楼梦旨义——是书题名极多。□□"红楼梦"是总其全部之名也；又曰"风月宝鉴"，是戒妄动风月之情；又曰"石头记"，是自譬石头所记之事也。

《凡例》上说"红楼梦""总其全部之名"，这话可谓再明白没有了。这也有两个解释：（一）它包括本书一切的内容。
（二）它统一了本书的许多异名；正因异名太多，所以必须有
一个名字来统一他们。"红楼梦"跟"风月宝鉴""石头记"
有大小广狭之分，在这《凡例》上亦说明白了。可见其他种种
异名只是局部的书中的名目。"红楼梦"才是包括一切的大
名，是人世间、社会上流传的称呼。我们现时人叫这部书为
《红楼梦》，乾隆时候的人，乾隆以后的人皆已呼它为《红楼
梦》①，就是曹雪芹本人也叫它《红楼梦》呵。我想这应该是
没有问题的。

一九五〇年九月二十一日。

---

① 张问陶（船山）送高鹗的诗，有"艳情人自说《红楼》"之句，事在
嘉庆六年，可见嘉庆时人呼这书为《红楼梦》。清同治年间梦痴学人所著《梦
痴说梦》引京师竹枝词，"开口不谈《红楼梦》，此公缺典定糊涂"之句，可
见咸同年间人也呼它为《红楼梦》的。

红楼梦研究

红楼梦第一回校勘的一些材料

现存的《红楼梦》各本，所谓善本，略依年月分列如下：

（一）过录甲戌（一七五四）脂砚斋重评本（胡适藏。凡十六回，第一至第八，十三至十六，二十五至二十八。）

（二）过录庚辰秋（一七六〇）脂砚斋四阅评本（燕京大学藏，凡七十八回，缺第六十四、六十七两回。）

（三）有正书局石印戚蓼生序本（八十回。有正书局重写付印，有大字小字之别，原本未见，亦一脂砚斋评本，时期要比庚辰本晚些。）

（四）乾隆辛亥（一七九一）程伟元活字本（百二十回"程甲本"，后来坊间各本皆从此翻出，在清代最流行。）

（五）乾隆壬子（一七九二）程伟元活字本（百二十回"程乙本"，流行甚少，一九二七亚东书局本自称根据这个排印的，却又不很精密。）

一二三是抄本，四五是刻本。假如采用近真的观点，抄本当然比较对；用完美的观点呢，话就很难说了，各人有主观的不同，但我们也不妨说大体抄本好些。现存的三个抄本那个最好，也很难说，假如都是作者的底稿，那我们就不能说愈早愈好。不过有正本颇有窜改的嫌疑，找不着底本，使人不很放心。但我们今日所存的完整的抄本要推这本为第一。

至于高鹗程伟元的两个排本也很难处理。所谓程乙本充分发扬了续者的意见，即离作者的真面目更远，或者可暂时丢开。这个为一切坊刻的祖本"程甲本"，情形却又不同。我觉得这是校勘《红楼》的困难之一。它跟现存三抄本的不同，可以有两个解释：（一）是高程改的，（二）他所根据是三抄本以外的另一种或另几种的抄本，也即是作者另外的稿本。高程成书时距曹氏之死不过二十七年，那时抄本一定很多。程乙本引言所谓"书中前八十回，抄本各家互异"，"沿传既久，坊间缮本及诸家秘稿，繁简歧出前后错见"，我想这是事实。他又说"广集核勘"，我想也是有的；另一面看，亦未尝不大改而特改。这两个可能的解释既都是事实，所以我们要从这里来分别那些是曹雪芹的手笔，那些是出于高程二位改的，却办不到了。

这儿从第一回选出一段材料来表现校勘上的问题。这在最初通而噜苏，后来改得简要而欠通，最后改得简要而又通，似乎很好，但已到了程甲本的阶段上，我们能信这是曹雪芹的手笔否？依上边各本的次序先举甲戌本，书不在此间，依《胡适文存》三集页五九二、五九三所引。

俄见一僧一道远远而来，生得骨格不凡丰神迥别，说说笑笑，来至峰下，坐于石边，高谈快论。先是说些云山雾海神仙玄幻之事，后便说到红尘中荣华富贵。此石听了不觉打动凡心，也想要到人间去享一享这荣华富贵，但自恨粗蠢，不得已便口吐人言，向那僧道说道："大师，弟子蠢物不能见礼了。适闻二位谈那人世间荣耀繁华，心切慕之。弟子质虽粗蠢，性却稍通。况见二师仙形道体，定非凡品，必有补天济世之材，利物济人之德，如蒙发一点慈心，携带弟子得入红尘，在那富贵场中温柔乡里受享几年，自当永佩洪恩，万劫不忘也。"二仙师听毕，齐憨笑道："善哉善哉！那红尘中有却有些乐事，但不能永远依恃，况又有美中不足好事多磨八个字紧相连属，瞬息间则又乐极悲生人非物换，究竟是到头一梦万境归空。倒不如不去的好。"这石凡心已炽，那里听得进这话去，乃复苦求再四，二仙知不可强制，乃叹道："此亦静极思动，无中生有之数也。既如此，我们便携你去受享受享。只是到

不得意时，切莫后悔。"石道："自然，自然。"那僧又
道："若说你性灵，却又如此质蠢，并更无奇贵之处，如
此也只好踮脚而已。也罢，我如今大施佛法，助你一助，
待劫终之日复还本质，以了此案，你道好否？"石头听
了，感谢不尽。那僧便念咒书符，大展幻术，将一块大石
登时变成一块鲜明莹洁的美玉，且又缩成扇坠大小的可佩
可拿。（脂砚斋甲戌评本，简称脂甲）

这一段长近五百字，各本均无，到庚辰评本相隔不过六年
已把它删了，所以这删却，可能作者所为。这一段虽长，却不
见得精彩，不过通却是通的。顽石既补天所用自然大得非常，
却依和尚的法力把它缩成扇坠一般。（注意，并非它自己会
变，像孙行者一般）六年以后便改成下列的文字。

　　谁知此石自经煅炼之后，灵性已通，因见众石俱得补
天，独自无材不堪入选，遂自怨自叹，日夜悲号（戚本作
啼）惭愧。一日正当嗟悼之际，俄见一僧一道远远而来，生
得骨格不凡丰神迥异，来至石下，席地而坐，长谈，见一块
鲜明莹洁的（戚本无的字）美玉，且又缩成扇坠大小的可佩
可拿。（脂砚斋庚辰评本，简称脂庚，有正戚本同）

　　　　　　　　　　　　　　　　　　红楼梦研究

有人把五百字缩成五十字，简化得很厉害，不过不很通。所以有人说："上面明说是顽石，怎么忽已变成宝玉了？"所谓"来至石下"当然还是大石，若那时已经变小，此文即不通。到了下文，忽已变小，而且也不提谁叫它变的，要说出于僧道，则二仙并未作法，要说石头自变，上文未曾说明。脂庚及戚本既同，可见这改本也通行。但有人说，"各本大体皆如此"，却不然，至少从程甲本以后又改换了。

> 谁知此石自经煅炼之后，灵性已通，自去自来，可大可小，因见众石俱得补天，独自己无才不得入选，遂自怨自愧，日夜悲哀。一日正当嗟悼之际，俄见一僧一道远远而来，生得骨格不凡丰神迥异，来到这青埂峰下，席地坐谈，见着这块鲜莹明洁的石头，且又缩成扇坠一般，甚属可爱。（程甲乙本同）

这就完全通顺了。第一，他说来到青埂峰下，不说"来至石下"，就无形中减少了一个麻烦。第二，石头既不由僧道作法变化，那它必须自个儿会变化才行，所以在上文添了"自去自来可大可小"八个字，这是脂庚本戚本都没有的，添得都很有理。所以脂甲本是通的，石头本身不会变，叫僧道来帮它变；程甲乙本也是通的，反正石头自己会变，自无须乞灵于僧道。只有脂庚本及戚本不大通，就这一点上原不妨如此说的。不过就全体看，庚辰脂评本及戚本乃是现在我们所有最完整的抄本，除却这个，即无从窥见曹雪芹《红楼梦》的真面目了。

即从这一点看，脂甲本虽然好，但由脂甲而脂庚，是曹雪芹知道的，而且许是他的改笔。庚辰评本还在雪芹的死四年以前呵。假如同出作者之手，我们并不能抱这愈早愈好的观念，因为最早的东西也许还没成熟哩，所谓"未是草"。我们努力在作者字篓里去搜寻，也犯了一些偏差。脂庚本在这里原是不很通，却并非很不通。因为顽石补天本是荒唐言。石变玉，玉变石，大变小，小又大，也都是荒唐神怪无稽之谈，读者得其大意可也，何必过于认真。叫和尚去变化那石头，或叫石头的确自己会变，也不见得很通呵。严格的唯理看法在此本来用不上，所以很难当作文章优劣的标准。至于程本即有优点，是高兰墅的，是程伟元的，还是曹雪芹的，却不得而知，大约程高二氏之力为多，我们自不便都算在曹雪芹的账上。究竟的短长优劣又非综观全书不可，亦不能从一点两点去推论得之也。

一九五〇，八，三十一，北京。

附　录

红楼梦脂本（甲戌）戚本程乙本文字上的一点比较

　　现存的《红楼梦》各种版本大别为两个系统：一个是抄本的系统，一个是刻本。原来当曹雪芹未死的时候（乾隆二七年壬午，一七六二）《红楼梦》大概已流行着了，当然只是抄本八十回。程本引言上说："前八十回藏书家抄录传阅几三十年"，可为明证。当时流传的抄本一定很多，现在我们所看见的，不过"存十一于千百"罢了。

　　最近真的当然是脂砚斋评本（脂砚斋是雪芹同时人），民国初年有正书局印行的戚蓼生序本，也属于这一个系统。话虽如此说，也并不完全一样，程本《引言》所谓"书中前八十回，抄本各家互异"是也。为什么互异？这原故说不上来。可能的解释：（一）抄者随便改，（二）作者稿本不同。这第一个情形果然普遍地存在着，但这第二个情形，可能性也十分大，在原书上已明说"披阅十载增删五次"。增删五次，便至少有了五个不同的稿本呵。

刻本却完全另一回事。后四十回全出程高二氏之手，《引言》所谓"更无他本可考"，便是分明的自白，姑置勿论。即前八十回，改动得亦非常之大。《引言》所谓"今广集核勘，准情酌理，补遗订讹"，这是说折衷各抄本成一全本；但他又说："其间或有增损数字处，意在便于披阅，非敢争胜前人也。"简直明言他们自己动笔来改了。"增损数字"只是把话说得格外漂亮客气而已。

现在拿抄本刻本来比较一下，就可以看得很清楚，从前借阅过脂砚斋甲戌评残本十六回，曾抄录出一小部分，即据这材料，举出几条作为例证，在浩瀚的八十回大书中，不过沧海一粟，但亦可以看见抄本刻本优劣短长的大凡了。

第二回叙述元春宝玉的出生，三本互异。

"不想次年又生了一位公子。"（脂本）

"不想后来又生了一位公子。"（戚本）

"不想隔了十几年又生了一位公子。"（程乙本）

元春是宝玉的姊姊，第十八回上说"有如母子"，年龄应该比宝玉大得多才对，所以从唯理的观点看，从后到前，一

　　　　　　　　　　　　　红楼梦研究

个比一个合理。事实上恰恰相反，一个比一个远于真实。原来《红楼梦》有许多前后文冲突的地方（故意，还是失检，不得而知），假如要存其真，便不该瞎改。再严格地说改得完全合式吗？也不见得。再多引一点原文看看，便可明白：

　　"第二胎生了一位小姐，生在大年初一就奇了，不想次年又生了一位公子说来更奇，一落胞胎，嘴里便衔下一块五彩晶莹的玉来，还有许多字迹。"

　　这文理很通顺，一点没有什么错，上用"不想"二字，下边自非"次年"不可。用"后来"勉强还可以，不过文字已经有点软弱无力了。若作"不想隔了十几年"简直可算不通。大年初一添了一个女孩子本来没啥希奇，所以觉得希奇者，乃是第二年生下一个衔玉的哥儿也。若果真隔了十几年，这两件事便联合不起来了，又何"不想"之有？（程甲本亦作"次年"，可见程甲本有比乙本近真的地方，程高二氏改《红楼梦》，愈改愈高兴了。并参看亚东本《红楼梦·胡序》，页三至六。）

　　第三回描写贾政房内的陈设，脂戚本都对，程乙本误。"一边是金蜼彝，一边是玻璃"（脂本、戚本），脂本旁注云，"蜼音垒，周器也。盒音海，盛酒之大器也"，较戚本尤为详明。程乙本字却改作盆字，变成了玻璃盆，岂非大误。

第六回"刘姥姥一进荣国府"，三本互异。

（刘姥姥）然后俵到角门前。（脂）

　　　　然后蹭到角门前。（戚）

　　　　然后溜到角门前。（程乙）

"俵"本京语，并无正字，所以脂本造了或采用了一个俗字来表示有音无字，这很对的。戚本写作蹭字，声音虽同，却差了些。因为蹭字即蹭蹬之蹭，有这个字的，如说"宦途蹭蹬""功名蹭蹬"，反而会引起误会，不如脂本之善，却还不算很错。程乙本改作"溜到"则大误矣。坊本或作"蹲在角门前"，简直不像话。

（第八回）黛玉已摇摇摆摆的进来。（程乙本）

　　　　黛玉已走了进来。（戚本）

有正本（即戚本）眉评深诋这"摇摇摆摆"的描写，以为"唐突潇湘"。比较起来，戚本自优，不过毫无描写语，亦不很妥。再看脂本却作：

红楼梦研究

黛玉已摇摇的进来。

我想这大概近乎原本。"摇摇"自可，下加"摆摆"，即成恶札矣。

同回，宝玉看袭人和衣睡着说：

"好，太渥早了些。"（脂）
"好，好，太早了些。"（戚）
"好啊，这么早就睡了。"（程乙）

三本互异，亦以脂本为胜。"渥"亦京里语，借用"颜如渥丹"之渥，非本字。戚本删却此字，意亦可通，却不如有这俗字的能够传神。程乙本即改作通常的国语了。（程乙本每把地道的京话改成通常语，在这儿不过举一个例子）

第十三回，记秦氏之死。

彼时合家皆知，无不纳罕，都有些疑心。（脂本）

这很不错，因为秦氏原不是好死的，所以说："无不纳罕，有些疑心"。若作伤心，便该说很伤心才对，并且上文亦不应说纳罕也。戚本程乙本并作"伤心"，均误；戚本作"纳叹"，殆因纳罕或纳闷跟伤心不连贯，所以改了，亦误。这一例子充分表示脂本的优良。可是坊本亦有作"疑心"的，如我有一部石印本的《金玉缘》，便作疑心，这又是什么原故呢？假如一切坊本俱从程乙本来，即不会有这现象。它是根据程甲本的。程甲本作"纳闷""疑心"，即是甲本有优于乙本的又一个证据。

书中文字略举了这几条，可见大凡。再拿回目看，有三本互异的亦颇有趣味。如第三回：

> 金陵城起复贾雨村，荣国府收养林黛玉。（脂）
> 托内兄如海酬训教，接外孙贾母惜孤女。（戚）
> 托内兄如海荐西宾，接外孙贾母惜孤女。（程乙）

我们觉得没多大优劣，不过脂本却有评语说，"二字（收养）触目凄凉之至"，似乎原本是该如此的。又如第五回：

> 开生面梦演红楼梦，立新场情传幻境情。（脂）
> 灵石迷性难解仙机，警幻多情秘垂淫训。（戚）
> 贾宝玉神游太虚境，警幻仙曲演红楼梦。（程乙）

这似乎有些好坏。

又如第八回：

> 薛宝钗小恙梨香院，贾宝玉大醉绛芸轩。（脂）
> 拦酒兴李奶母讨厌，掷茶杯贾公子生嗔。（戚）
> 贾宝玉奇缘识金锁，薛宝钗巧合认通灵。（程乙）

这一回，三本差别非常之大。有正眉评，"然作者本意原来点明金玉；特不欲标入，明明道破耳。"这话有点道理，脂戚二本虽不同，其不欲在回目上道破金玉姻缘却一样，所以我说比较近真。似乎脂本最妥当。戚本用两句话专说宝玉跟他的奶妈呕气，不见很好；称宝玉为贾公子，全书仅见，亦不甚妥。在《红楼梦辨》有一句话现在不妨重复地说："《红楼梦》既是未曾完稿的书，回目想是极草率的。"流传的抄本实在是稿本，不过稍稍经过整理罢了。这当然是极伟大的著作，却并非尽善尽美的，这话我也早已说过了。

一九五〇，八，一。

读红楼梦随笔二则

　　《石头记》虽系小说史上未有之杰作，但其因袭前人之处亦复甚多。如相传结尾有所谓"情榜"，备列十二钗正、副、又副、三四副之名，约得六十人，大观园群芳罗致殆尽，此实与《水浒》石碣罡煞名次无异也。叙可卿丧仪买棺一节文字全袭《金瓶梅》，阚铎《红楼梦抉微》已备引之。又第二十八回冯紫英请酒行令一段，脂砚斋本评曰："此段与《金瓶梅》内西门庆应伯爵在李桂姐家饮酒一回对看，未知孰家生动活泼？"是《红楼》初行，当时人已如此说。又如甄贾宝玉一式无二，即《西游》之真假悟空也。

　　长夏偶阅《坚瓠集》，见《红楼》之本于故记者又两条，虽不甚重要，而沿袭之迹甚明。《石头记》第七十回，宝钗的咏柳絮《临江仙》词曰：

白玉堂前春解舞，东风卷得均匀。蜂围蝶阵乱纷纷，几曾随逝水，岂必委芳尘。

万缕千丝终不改，任他随聚随分。韶华休笑本无根，好风凭借力，送我上青云。

大家都说，"果然翻的好，自然这首为尊！"其实却套了侯蒙的咏纸鸢的《临江仙》。《坚瓠甲集》卷三"题纸鸢"条曰：

宋侯元功（蒙）少游场屋，年三十一始得乡贡，人以其年长忽不加敬，轻薄者画其形于纸鸢上，引线放之。元功见而大笑，作《临江仙》词曰："未遇行藏谁肯信，如今方表名踪。无端良匠画形容，当风轻借力，一举入高空。才得吹嘘身渐稳，只疑远赴蟾宫。雨余时候夕阳红，几人平地上，看我碧霄中。"

此未注明出处，殆本于《夷坚志》。侯词两段煞尾意颇重复，不如《红楼梦》薛词熨贴；同用《临江仙》调而一咏纸鸢，一咏柳絮，又稍不同。但作《石头记》时确受了这故事的影响，有书为证。做完柳絮词即有这么一大段的描写，引第一节以明之。

一语未了，只听窗外竹子上一声响，恰似窗屉子倒了一般，众人吓了一跳。丫环们出去瞧时，帘外丫头子们回道："一个大蝴蝶风筝挂在竹梢上了。"众丫环笑道："好一个齐整风筝！不知是谁家放的，断了线。咱们拿下他来。"……

回目是柳絮，咏的也是柳絮，但小说的描写却是风筝，自非偶然。若不先有了宋人风筝词的影像，我想他不见得这么写的。所以不能解释为偶合。

其另一事见于小说第二十六回，薛蟠请宝玉吃酒。

薛蟠笑道："你提画儿，我才想起来了。昨儿我看人家一本春宫儿，画的很好，上头还有许多的字，我也没细看，只看落的款，原来是什么庚黄的，真好的了不得！"宝玉听说，心下猜疑道："古今字画也都见过些，那里有个庚黄？"想了半天，不觉笑将起来，命人取过笔来，在手心里写了两个字，又问薛蟠道："你看真了是庚黄么？"薛蟠道："怎么没看真！"宝玉将手一撒给他看，道："可是这两个字罢？其实和庚黄相去不远。"众人都看时，原来是唐寅两个字，都笑道："想必是这两个字，大爷一时眼花了也未可知。"薛蟠自觉没趣,笑道:"谁知他是糖银是果银的!"

《坚瓠丙集》卷四"衡山图记"一条,其文如下:

文衡山生年与灵均同,因取"唯庚寅吾以降"句为图书。有一守自北方来,闻知衡山善画,因问人曰:"文先生前更有善画过之者乎?"或以唐伯虎对。

又问:"伯虎何名?"曰:"唐寅。"守即跃起曰:"文先生屈己尊人如此!"人问何故。

曰:"吾有文先生图书,曰,唯唐寅吾以降。"闻者喷饭。

那太守不识画儿上图章的篆文,把庚寅误为唐寅;薛蟠却并不识画儿上的款字,反把唐寅误为庚黄;不敢说《红楼梦》的作者一定用这典故,或只是碰巧偶合,但比较起来很有趣,假定二者之间有一种关连也不算鲁莽罢。

一九四七年七月二十五日。

乐知儿语说《红楼》

　　昔苏州马医科巷寓，其大厅曰乐知堂。予生于此屋，十六离家北来，堂额久不存矣。曾祖春在堂群书亦未尝以之题耑，而其名实佳，不可废也，故用作篇题云。

　　儿语者言其无知，余之耄学即蒙学也。民国壬子在沪初得读《红楼梦》，迄今六十七年，管窥蠡测曾无是处，为世人所嗤，不亦宜乎。炳烛余光或有一隙之明，可赎前愆欤。一九七八年年戊午岁七月二十四日雨窗槐客识于北京西郊寓次，时年八十。

漫谈"红学"

　　《红楼梦》好像断纹琴，却有两种黑漆：一索隐，二考证。自传说是也，我深中其毒，又屡发为文章，推波助澜，迷误后人。这是我生平的悲愧之一。

红学之称，本是玩笑

《红楼》妙在一"意"字，不仅如本书第五回所云也。每意到而笔不到，一如蜻蜓点水稍纵即逝，因之不免有罅漏矛盾处，或动人疑或妙处不传。故曰有似断纹琴也。若夫两派，或以某人某事实之，或以曹氏家世比附之，虽偶有触着，而引申之便成障碍，说阮不能自圆，舆评亦多不惬。夫断纹古琴，以黑色退光漆漆之，已属大煞风景，而况其膏沐又不能一清似水乎。纵非求深反惑，总为无益之事。"好读书，不求甚解"，窃愿为爱读《红楼》者诵之。

红学之称本是玩笔，英语曰Red ology亦然。俗云："你不说我还明白，你越说我越糊涂了。"此盖近之。我常说自己愈研究愈糊涂，遂为众所诃，斥为巨谬，其实是一句真心语，惜人不之察。

文以意为主。得意忘言，会心非远。古德有言："依文解义，三世佛冤。离经一字，便同魔说"，或不妨借来谈"红学"。无言最妙，如若不能，则不即不离之说，抑其次也。神光离合，乍阴乍阳，以不即不离说之，虽不中亦不远矣。譬诸佳丽偶逢，一意冥求，或反失之交臂，此犹宋人词所云"众里寻他千百度，蓦然回首，那人却在灯火阑珊处"也。

夫不求甚解，非不求其解也。曰不即不离者，亦然浮光掠影，以浅尝自足也。追求无妨，患在钻入牛角尖。深求固佳，患在求深反惑。若夫诪张为幻，以假混真，自欺欺人，心劳日拙已。以有关学术之风气，故不惮言之耳。

更别有一情形，即每说人家头头是道，而自抒己见，却未必尽圆。略如昔人诗云："鲍老当筵笑郭郎，笑他舞袖太郎当；若教鲍老当筵舞，能更郎当舞袖长"，此世情常态也，于"红学"然。近人有言："《红楼梦》简直是一个碰不得的题目。"余颇有同感。何以如此，殆可深长思也。昔曾戏拟"红楼百问"书名，因故未作——实为侥幸。假令书成，必被人揞摭利病，诃为妄作，以所提疑问决不允恰故。岂不自知也。然群疑之中苟有一二触着处，即可抛砖引玉，亦野人之意尔。今有目无书，自不能多说。偶尔想到，若曩昔所拟"红学何来"？可备一问欤？

百年红学　从何而来？

红学之称，约逾百年，虽似诨名，然无实意。诚为好事者不知妄作，然名以表实，既有此大量文献在，则谓之红学也亦宜。但其他说部无此诨名，而《红楼梦》独有之，何耶？若云小道，固皆小道也。若云中有影射，他书又岂无之，如《儒林外史》《孽海花》均甚显著。似皆不能解释斯名之由来。然则固何缘有此红学耶？我谓从是书本身及其遭际而来。

最初即有秘密性，瑶万所谓非传世小说，中有碍语是也。亲友或未窥全豹，外间当已有风闻。及其问世，立即不胫而走。以抄本在京师庙会中待售。有从八十回续下者可称一续，程高拟本后，从百二十回续下者，可称二续，纷纷扰扰，不知所届。淫辞亵语，观者神迷。更有一种谈论风气，即为红学之滥觞。"开口不谈《红楼梦》，此公缺典定糊涂"，京师竹枝词中多有类此者。殆成为一种格调，仿佛咱们北京人，人人都在谈论《红楼梦》似的。——夸大其词，或告者之过，而一时风气可想见已，由口说能为文字，后来居上，有似积薪，茶酒闲谈，今成"显学"，殆非偶然也。其关键尤在于此书之本身，初起即带着问题来。斯即《红楼梦》与其他小说不同之点，亦即纷纷谈论之根源。有疑问何容不谈？有"隐"岂能不索？况重以丰神绝代之文词乎。曰猜笨谜，诚属可怜，然亦人情也。索隐之说于清乾隆时即有之（如周春随笔记壬子冬稿一七九二）可谓甚早。红学之奥，固不待嘉道间也。

从索隐派到考证派

原名《石头记》。照文理说，自"按那石上书云"以下方是此记正文，以前一大段当是总评、楔子之类，其问题亦正在此。约言之有三，而其中之一与二，开始即有矛盾。甄士隐一段曰"真事隐去"，贾雨村一曰冒"假语村言"，（以后书中言及真假两字者甚多，是否均依解释，不得而知）真的一段文辞至简，却有一句怪话："而假通灵之说撰此《石头记》一书也。"着此一言也，索隐派聚讼无休，自传说安于缄默。若以《石头记》为现实主义的小说，首先必须解释此句与衔玉而生之事。若斥为糟粕而摒弃之，似乎不能解决问题，以读者看《红楼梦》第一句就不懂故也。人人既有此疑问，索隐派便似乎生了根，春风吹又生。一自胡证出笼，脂评传世，六十年来红学似已成考证派（自传说）的天下，其实仍与索隐派平分秋色。蔡先生晚年亦未尝以胡适为然也。海外有新索隐派兴起不亦宜乎，其得失自当别论。假的一段稍长，亦无怪语，只说将自己负罪往事，编述一集以告天下；又说"闺阁中本自历历有人"，万不可使其泯灭。——此即本书有"自传说"之明证，而为我昔日立说之依据。话虽如此，却亦有可怪之处。既然都是真（后文还有"亲睹亲闻""追踪蹑迹"等等）为什么说他假？难道就是"假作真时真亦假"么？即此已令人坠入五里雾中矣。依上引文，《红楼梦》一开始，即已形成索隐派、自传说两者之对立，其是非得失，九原不作，安得而辨之，争论不已，此红学资料之所以汗牛充栋也。"愚摈勿读"，似属过激，尝试览之，是使读者目眩神迷矣。

书名人名　头绪纷繁

此段文中之三，更有书名人名，即本书著作问题，亦极五花八门之胜。兹不及讨论，只粗具概略。按一书多名，似从佛经掇得。共有四名，仅一《石头记》是真，三名不与焉？试在书肆中购《情僧录》《风月宝鉴》《金陵十二钗》，固不可得也。又二百年来脍炙人口《红楼梦》之名变不与焉，何哉？（脂批本只甲戌本有之，盖后被删去。）顾名思义，试妄揣之，《石头记》似碑史传；《情僧录》似禅宗机锋；《风月宝鉴》似惩劝淫欲书；《金陵十二钗》当有多少粉白黛绿、燕燕莺莺也。倘依上四名别撰一编，特以比较《红楼梦》，有"存十一于千百"之似乎？恐不可得也。书名与书之距离，即可窥见写法之迥异寻常。况此诸名，为涵义蕴殆借以表示来源之复杂，尚非一书多名之谓乎。

人名诡异，不减书名。著作人三而名四。四名之中，三幻而一真，曹雪芹是也。以著作权归诸曹氏也宜。一如东坡《喜雨亭记》之"吾以名吾亭"也。虽然归诸曹雪芹矣，乌有先生亡是公之徒又胡为乎来哉！（甲戌本尚多一吴玉峰）。假托之名字异于实有其人，亦必有一种含义，盖与本书之来历有关。今虽不能遽知，而大意可识，穿凿求之固然，视若无睹，亦未必是也。作者起草时是一张有字的稿纸，而非素纸一幅，此可以想见者。读《红楼梦》，遇有困惑，忆及此点，未必无助也。

其尤足异者，诸假名字间，二名一组，三位一体。道士变为和尚，又与孔子家连文，大有"三教一家"气象。宜今人之视同糟粕也。然须有正当之解释与批判。若径斥逐之，徒滋后人之惑，或误认为遗珠也。三名之后，结之以"曹雪芹于悼红轩中披阅"云云，在著作人名单上亦成为真假对峙之局，遥应开端两段之文，浑然一体。由此视之，楔子中主要文字中，红学之雏形已具，足以构成后来聚讼之基础，况加以大量又混乱之脂批，一似烈火烹油也。

若问："红学何来？"答曰："从《红楼梦》里来。"无《红楼梦》，即无红学矣。或疑是小儿语。对曰："然"。

其第二问似曰："红学又如何？"今不能对，其理显明。红学显学，烟墨茫茫，岂孩提所能辨，耄荒所能辨乎。非无成效也，而矛盾伙颐，有如各派间矛盾，各说间矛盾，诸家立说与《红楼梦》间矛盾，而《红楼梦》本身亦相矛盾。红学本是从矛盾中发展壮大起来的，固不足为病。但广大读者自外观之，只觉烟尘滚滚，杀气迷漫，不知其得失之所在。胜负所由

红楼梦研究

分，而靡所适从焉。

昔一九六三年有吊曹雪芹一诗，附录以结篇：

> 艳传外史说红楼，半记风流得似不。
>
> 脂研芹溪难并论，蔡书王证半胡诌。
>
> 商谜客自争先手，弹驳人皆愿后休。
>
> 何处青山埋玉骨，漫将卮酒为君酬。

七八年九月七日

红楼释名

《红楼梦》已盛传海内外，蔚成显学，而红楼何指未有定论。唐诗中习见，是否与之有关，亦不明确。如甲辰本梦觉主人序文云"红楼富女，诗证香山"即为一例。以本书言，写楼房甚少，若怡红、潇湘、蘅芷皆只平屋耳。

"红楼"典故

《资治通鉴》卷二六三叙五代建事曰："建作府门，绘以朱丹，蜀人谓画红楼。"画者，美辞。红楼即朱门也。又《成都古今记》云："红楼，先主所建，彩绘华侈……城中人相率来观，曰看画红楼。"是当时确有一金碧交辉之楼，补鉴文所未及，纪时人语，多一"看"字尤妙。

夫王建据蜀，虐使其民，大兴土木，僭拟皇居，君门九重，其中宫室之美，彼行路人安得群观而赞叹之，恐不过遥瞻而已。史文虽简，盖得其实。却别有一解。吾人习见前清王府款式，而古代朱门不必皆然，或于门上起楼，雕镂华彩，是朱门亦即红楼也。二说并通，而折衷之论固不足"红楼"解惑。撰人即非泛引唐诗，亦未必抹此故事也。窃谓有虚实二意。

就虚者言之。"红"字是书中点睛处，为书主人宝玉有爱红之病而住在怡红院，曹雪芹披阅增删《石头记》则于悼红轩。此红字若与彼红字相类，自当别含义蕴，非实指也。上一字既虚，下一字亦然，不必以书中某处楼屋实之。若泛指东西二府，即朱门之谓耳。

楼在何处？

或病斯义，虚玄悄恍，必求某地以实之，其天香楼乎。在本书中亦无其他之楼可当此称者。今本第一回楔子中并无《红楼梦》之名，独脂批甲戌本有之。其辞曰："吴玉峰题为《红楼梦》，东鲁孔梅溪则题曰《风月宝鉴》。"审其语气，此《红楼梦》盖接近《风月宝鉴》，然今传八十回之谓也，其重点当在于梦游幻境与秦可卿之死。此句何以被删？不得而知，而关系匪鲜，兹不具论。

第五回之回目与正文，并载《红楼梦》之名，但指一套散曲，非谓全书；见于梦中，又非实境。宝玉梦入太虚幻境在秦氏房中，本书详言所在，而于室内铺陈有特异之描写，列古美人名七，殆已入幻境，非写实也。（此种笔墨与后迥异，于本书为仅见，疑是《风月宝鉴》之原文。）又记：

> 秦氏笑道："我这屋子，大约连神仙也可以住得了。"

疑此即"红楼"也。是否即天香楼，无明文，亦可想象得之。惜第十三回"秦可卿淫丧天香楼"之文，被删已佚，无助于了解，剩得未删之句：

> 另设一楼于天香楼上……打四十九日解冤洗孽醮，然后停灵于会芳园中。

是天香楼在会芳园中而秦氏即死于此楼之明证。其是否为可卿卧室，尚未能定。靖应鹍藏本畸笏叟评语有"遗簪更衣诸文"六字，是天香楼盖为秦氏所居，即宝玉前日入梦之地，亦即所谓红楼也。虽非定论，聊益谈资，遂记之以诗云：

仙云飞去迷归路，岂有天香艳迹留。

左右朱门双列戟，争教人看画红楼。

七八年九月二十三日

从"开宗明义"来看《红楼梦》的二元论

记云"好而知其恶"，请以之读《红楼梦》。当一分为二。空言咏叹之，誉为天下第一，恐亦无助于理解也。其开篇之提纲正义，以真假并列，有可疑焉。

红楼难读　始于甄、贾

甄士隐、贾雨村云云，似相矛盾，致生红学两派之对立，已见前文（详见已发表之《索隐派与自传说闲评》），但其意义殊不止也。盖有关于《红楼梦》性质，是一元还是二元。如本为一元，刚二者之关系不明，或有自语相违之失；如是二元各走各的，即无所谓矛盾，然仍融会于书中而呈复杂之观。此书之难读，未必不由于是。

略举其辞。第一"甄"节，言历过梦幻，将真事隐去，借通灵撰此书。第二"贾"节，言将自己生平编述一集，闺阁有人，不可使其泯灭，而用假雨村言来敷演故事。是一是二，孰真孰假，诚极惝恍迷离之至矣。试略提数问："梦幻"是生平否？"真事"即家事否？既然"隐去"，如何"编述"？"通灵"乃石头记本旨，又何云"假语村言"？斯二节之歧异明矣。第二节末更有附言，云："非怨时骂世之书……阅者切记之。"有意自辩，大有"此地无银三百两"之嫌疑。于第一节无此文，却有通灵之说，亦伤时骂世否耶？吾不得而知之矣。

歧异之外，更有繁简之别。第一节至短，第二节颇长，且似拖沓重复。如既云须眉不若裙钗矣，又云闺阁中有人，万不可因我之不肖一并使其泯灭也。其尤足异者，在甄、贾对举之不恰当。真事隐去，固约谐音为甄士隐。假语村言，似不得谐音为贾雨村，以"去"字可省，而"言"字不可省也。假语、村言，平列对举。曰"假语村"，不辞甚矣，曾谓绝世文心而有若此之割裂哉。其是否别有含意，故意卖一破绽，今不得知，姑就通常文理而言之耳。又第一回之目虽上下平列，而似平实侧。甄士隐诚然于梦中识通灵矣，而贾雨村未尝于风尘中怀闺秀也，所见只不过娇杏丫环而已。（英莲娇杏二名，当别有说。）雨村乃极俗之人，为宝玉所怕见者，书中明写，何"怀闺秀"之有？述当日闺友闺情者，乃是作者自身，非贾雨村也。贾雨村在意义上仍当读为假语村言，却有一字之差，成为歇后语。回目上句通顺，下句费解，与开书本文第一节、第二节，情形正相若。

总之，"第一回提纲正义"，非常奇特。就其内容，甄之一节似《石头记》提纲，贾之一节似《金陵十二钗》之提纲；然二名本是一书，岂能分为两段，各说一套，且下文明说曹雪芹于披阅增删之后，题曰"金陵十二钗"，无论雪芹是本书作者或最后整编者，《金陵十二钗》总归是最后定本。而自来未有以"十二钗"为正式书名者，有似"情僧录"之侔，抑又何也？疑蕴重重，不可测也。

索隐、考证，分立门庭

然二元之旨既揭露于开端，则两派在本书上皆有不拔之根桓，其分立门庭、相持不下者，亦势所必然，事之无奈也。若问其能否在此开篇中得充分之启示，俾解决本书之疑难，恐未能也。何以故？两段之文繁简迥别，简者沉晦，繁亦失当，谓之俱不明也可。如索隐派旨在扶出其历史政治上之谜底，但"梦幻""真事""通灵"毕竟何谓，作者未言也。安见其必与史事有关？根据不甚明白，商谜之巧拙中否尚在其次。"自传说"在本文得到有力的支持矣，然以之读全书则往

红楼梦研究

往发生障碍，今人不惬；而作者用笔狡猾之甚，大有为其所愚之嫌疑。将假语村言论，认为真人真事，虽在表面似乎有合，而实际上翮其反矣。即多方考证之，亦无关宏旨也。

人人皆知红学出于《红楼梦》，然红学实是反《红楼梦》的，红学愈昌，红楼愈隐。真事隐去，必欲索之，此一反也。假语村言，必欲实之，此二反也。老子曰："反者道之用"，或可以之解嘲，亦辩证之义也，然吾终有黑漆断纹琴之憾焉。前有句云"尘网宁为绮语宽"，近有句云"老至犹如绮梦迷"，以呈吾妻，曾劝勿作，恐亦难得启颜耳。

七八年十月二十八书

空空道人十六字闲评释

援"道"入"释"

余以"色空"之说为世人所诃旧矣。虽然，此十六字固未必综括全书，而在思想上仍是点睛之笔，为不可不知者，故略言之。其辞曰：

"因空见色，由色生情，传情入色，自色语空。"

由空归空，两端皆有"空"字，似空空道人之名即由此出，然而非也。固先有空空道人之名而后得此义。且其下文云"遂易名为情僧，改石头记为情僧录"，可见十六字乃释氏之义，非关玄门。道士改为和尚，事亦颇奇。其援道入释，盖三教之中终归于佛者，《红楼》之旨也。若以宝玉出家事当之，则浅矣。以下试言此十六字。

固道源于心经，却有三不同。"色"字异义，一也；经云，色即是空，空即是色，此言由空而色，由色而空，二也；且多一情字，居中运枢，经所绝无，三也；情为全书旨意所存。情色相连，故色之解释，空色之义均异心经。三者实一贯也。

"色"之异义 "空"有深旨

先谈色字之异义。经云色者，五蕴之色，包括物质界，与受想行识对。此云色者，颜色之色，谓色相、色情、色欲也。其广狭迥别，自不得言色即是空，而只云由色归空。短书小说原不必同于佛经也，他书亦有之。

如《来生福弹词》第廿八回德晖语："情重的人，那色相一并定须打破。……心经上明说色即是空，空即是色。把这两句参透了，心田上还有怎不干净处？"下文说："累心的岂止色相一端"，盖于心经之文义有误解，故云然。但云情重之人

红楼梦研究

须破色相，殆可移来作此十六字注脚也，"来生福"不题撰人名，盖在《红楼梦》之后。

　　窃依文解义，此所谓"空"只不过一股空灵之义，然有深旨，如"落一片白茫茫大地真干净"之类是也。空空道人者，亡是公耳，即今之无名氏。四句中上两"色"字读如色相之色，下两"色"字读如色欲之色。而"情"兼有淫义，第五回警幻之言曰：

　　　　好色即淫，知情更淫。

语意极明，无可曲解，色情淫固不可分也。若强为解释，又正如她说：

　　　　好色不淫……情而不淫……此皆饰非掩丑之语也。

不论于理是否圆足，即此痛情直捷，已堪千古。前有《临江仙》词云："多少金迷纸醉，真堪石破天惊"，盖谓此也。

　　未尽之意，请详他篇。

　　　　　　　　　　　　　　七八年十一月十日

漫说芙蓉花与潇湘子（外一章）

"芙蓉累德夭风流，倚枕佳人补翠裘。评泊茜纱黄土句，者回小别已千秋。"

秋后芙蓉亦牡丹

余前有钗黛并秀之说为世人所讥，实则因袭脂批，然创见也，其后在笔记中（书名已忘）见芙蓉一名秋牡丹，遂赋小诗云："尘网宁为绮语宽，唐环汉燕品评难。哪知风露清愁句，秋后芙蓉亦牡丹。"（记中第六十三回笺上注云："自饮一杯，牡丹陪饮一杯。"）盖仍旧说也。

此记仅存八十回，于第七十九回修改《芙蓉诔》，最后定为"茜纱窗下，我本无缘；黄土陇中，卿何薄命。"书上说：

> 黛玉听了，怵然变色，心中虽有无限的狐疑乱拟，外面却不肯露出，反连忙笑着点头称妙。

芙蓉一花，双关晴黛。诔文哀艳虽为晴姐，而灵神笼罩全在湘妃。文心之细，文笔之活，妙绝言诠，只觉"神光离合"尚嫌空泛，"画龙点睛"犹是陈言也。石兄天真，绛珠仙慧，真双绝也，然已逗露梦阑之消息来。下文仅写家常小别：

> 黛玉道："我也家去歇息了，明儿再见罢。"说着，便自取路去了。

平淡凄凉，自是书残，非缘作意。黛玉从此不再见于《红楼梦》矣。曲终人去，江上峰青，视如二玉最后一晤可也，不须再读后四十回。旧作《红楼缥缈歌》曰：

> 芙蓉累德夭风流，倚枕佳人补翠裘。
> 评泊茜纱黄土句，者回小别已千秋。

即咏其事。晴为黛影，旧说得之。晴雯逝后，黛玉世缘非久，此可以揣知者也。未完之书约二三十回，较今续四十回为短，观上引文，有急转直下之势，叙黛玉之卒，其距第八十回必不远。或即在诔之明年耶？其时家难未兴，名园无恙，"亭亭一朵秋花影，尚在恒沙浩劫前。"又如梅村所云"痛知朝露非为福"也。

黛先死钗方嫁　但续书却误

芙蓉又为夭折之征。《阅微草堂笔记》卷十二，纪晓岚悼郭姬诗自注："未定长如此，芙蓉不耐寒，寒山子诗也。"上述姬卒于九月。按《芙蓉诔》称，"蓉桂竞芳之月"，即九月也。盖晴黛皆卒于是月，虽于后回无据，以情理推之，想当然耳。

于六十三回黛玉掣得签后：

> 众人笑说："这个好极。除了他，别人不配作芙蓉。"
> 黛玉也自笑了。

书中特举，可见只有黛玉，别人不配作芙蓉。那么怎又有《芙蓉诔》呢？岂自语相违，形影一身故。上文悬揣，非无因也。

怡红夜宴，掣花名签，书中又一次预言，钗黛结局于焉分明。牡丹芳时已晚，而况芙蓉。花开不及春，非春之咎，故曰"莫怨东风当自嗟"也。黛先死而钗方嫁，此处交待分明，无可疑者。续书何以致误，庸妄心情，诚为叵测。若云今本后四十回中，或存作者原稿之片段，吾斯之未能信。

红楼梦研究

蛾眉善妒　难及黄泉

后回情节皆属揣测，姑妄言之。黛玉之死，非关宝玉之婚；而宝钗之嫁，却缘黛玉之卒。一自潇湘人去，怡红院天翻地覆，挽情海之危澜，自非蘅芜莫可。即依前回情节，诸娣归心，重闱属望，宝钗之出闺成礼已届水到渠成，亦文家之定局，盖无所施其鬼蜮奇谋也。但木石金玉之缘，原有先后天之别，凡读者今皆知之，而当时人皆不知，且非人力所能左右。三十六回之梦话，宝玉亦未必自知。及其嫁了，如宾斯厮敬，鱼水言欢，皆意中事，应有义。而玉兄识昧前盟，神栖故爱，凤业缠绵，无间生死，蛾眉善妒，难及黄泉。宝钗虽具倾城之貌，绝世之才，殆亦无如之奈何矣。若斯悲剧境界，每见于泰西小说，《红楼》中盖亦有之，借余韵杳然，徒劳结想耳。"纵然是齐眉举案，到底意难平"，《终身误》一曲道出伊行婚后心事。窥豹一斑，辄为三叹。

作者于蘅潇二卷非无偏向，而"怀金悼玉"之衷，初不缘此而异。评家易抑扬为褒贬，已觉稍过其实，更混以续貂盲说，便成巨谬。蘅芜厄运，似不减于潇湘也。

七八年十一月二十日

临江仙词

其　一

惆怅西堂人远，仙家白玉楼成。可怜残墨意纵横，茜纱销粉泪，绿树时间啼莺。

（从本书五十八、七十九回之文，可揣知黛玉死后宝玉心情意态之一二）

多少金迷纸醉，真堪石破天惊。休言谁创与谁承，（谓八十回盖非出一手）传心先后觉，说梦古今情。

作于一九六三年

其　二

谁惜断纹焦尾，高山流水人琴。禅心无那似诗心，蜻蜓才点水，飞絮漫留萍。

多少深闺幽怨，情天幻境娥英。知从罗绮悟无生，蘅潇相假借，兼美亦虚名。

续于一九七九年三月三日钞

宗师的掌心（外三章）

一切红学都是反《红楼梦》的。即讲的愈多，《红楼梦》愈显其坏，其结果变成"断烂朝报"，一如前人之评春秋经。笔者躬逢其盛，参与此役，谬种流传，贻误后生，十分悲愧，必须忏悔。

开山祖师为胡适。红学家虽变化多端。孙行者翻了十万八千个斛斗，终逃不出如来佛的掌心。虽批判胡适相习成风，其实都是他的徒子徒孙。胡适地下有知，必干笑也。

何以言之？以前的红学实是索隐派的天下，其他不过茶酒闲评。若王静安之以哲理谈"红"，概不多见。胡氏开山，事实如此不可掩也。按其特点（不说是成绩）有二：1.自叙说。曹家故事。2.发见脂批。（十六回本）

顷阅戴不凡《揭开〈红楼梦〉作者之谜》一文似为新解，然亦不过变雪芹自叙为石兄自叙耳。石兄何人？岂即贾宝玉？谜仍未解，且更混乱，他虽斥胡适之说为"胡说"，其根据则为脂批。此即当年胡适的宝贝书。既始终不离乎曹氏一家与脂砚斋，又安能跳出他的掌心乎。

七九年三月十一日晨窗

甲戌本与脂砚斋

在各脂评本中，甲戌本是较突出的，且似较早。甲戌本之得名由于在本书正文有这么一句："至脂砚斋甲戌抄阅再评，仍用《石头记》。"

现存的胡适藏本却非乾隆甲戌年所抄，其上的脂批多出于过录。

这本的特点，在此只提出两条：一早一晚，都跟脂砚斋有关。所谓早，即上引语，甲戌为一七五四年，早于己卯、庚辰约五六年，今本或出于传抄，但其底本总很早，此尚是细节；本文出脂砚斋，列名曹雪芹之后，于"红学"为大事。此各本所无，即我的八十回校本亦未采用。以当时不欲将脂砚之名入"正传"，即诗云"脂砚芹溪难并论"之意也。其实并不必妥，姑置弗论。

脂砚"绝笔"在于甲戌本吗？

此本虽"早"，却有脂斋最晚之批，可能是绝笔，为各脂本所无，这就是"晚"。这条批语很特别，亦很重要，载明雪芹之卒年而引起聚讼。我有《记夕葵书屋〈石头记〉批语》一

红楼梦研究

文专论之，在此只略说，或补前篇未尽之意。

此批虽甲戌本所独有，却写得异常混乱，如将一条分为两条而且前后颠倒，文字错误甚多，自决非脂砚原笔。他本既不载，亦无以校对。在六十年初却发现清吴鼒夕葵书屋本的批语。原书久佚，只剩得传抄的孤孤零零的这么一条。事甚可怪，已见彼文，此不赘，径引录之，以代甲戌本。

此是第一首标题诗，能解者方有辛酸之泪哭成此书。壬午除夕书未成，芹为泪尽而逝。余常哭芹，泪亦殆尽。每思觅青埂峰，再问石兄，奈不遇赖头和尚何，怅怅。今而后愿造化主再出一脂一芹，是书有幸，余二人亦大快遂心于九泉矣。甲申八月泪笔

此批中段"每思"以下又扯上青埂峰、石兄、和尚，极不明白；石兄是否曹雪芹亦不明，似另一人。首尾均双提芹脂与本书之关系，正含甲戌本叙著作者之先提曹芹继以脂砚斋，盖脂砚始终以著作人之一自命也，此点非常明白。又看批语口气，称"余二人"，疑非朋友而是眷属。此今人亦已言之矣，我颇有同感。牵涉太多，暂不详论。

曹雪芹非作者?

甲戌本还有一条批语，亦可注意：

> 若云雪芹批阅增删，然则开卷至此，这一篇楔子又系谁撰？足见作者之笔狡猾之甚，后文如此处者不少。这正是作者用画家烟云模糊处，观者万不可被作者瞒弊（当作蔽）了去，方是巨眼。

当是脂砚斋所批。我当时写甲戌本后记时亦信其说，而定本书之作者为曹雪芹，其实大有可商者。学作巨眼识英雄人或反而上当。芹阮会用画家烟云模糊法，脂难道就不会么？此批之用意在驳倒"批阅增删"之正文而仍归诸芹，盖其闰人之心也。一笑。

脂斋为什么要这样批呢？原来当时雪芹的《红楼梦》著作权未被肯定，如裕瑞《枣窗闲笔》，程高排本《序言》皆是，此批开首"若云"句可注意，说雪芹披阅增删，即等于说不是他做的，所以脂砚要驳他。但这十六字正文如此不能否定，所以说它是烟云模糊法。其实这烟云模糊，恐正是脂砚的遮眼法也。是否如此，自非练观全书与各脂批不能决定。这里只不过闲谈而已。

红楼梦研究

红楼迷宫，处处设疑

还有一点很特别的，《红楼梦》行世以来从来见脂砚斋之名，即民元有正书局石印的戚序本，明明是脂评，却在原有脂砚脂斋等署名处，一律改用他文代之。我在写《红楼梦辨》时已引用此项材料，却始终不知这是脂砚斋也。程高刊书将批语全删，脂砚之名随之而去，百年以来影响毫无。自胡适的"宝贝书"出现，局面于是大变。我的"辑评"推波助澜，自传之说风行一时，难收覆水。《红楼》今成显学矣，然非脂学即曹学也，下笔愈多，去题愈远，而本书之湮晦如故。窃谓《红楼梦》原是迷宫，诸评加之帷幕，有如词人所云"庭院深深深几许"，"杨柳堆烟帘幕无重数"也。

七九年四月廿日写

茄胙、茄鲞

二名均见本书第四十一回。有正本作"茄胙"，八十回校本从之，其他各本大都作"茄鲞"。

事隔三十年，当时取舍之故已不甚记得，大致如下。小说上的食品不必真能吃，针线也不必真做，亦只点缀家常，捃撦豪华耳。话虽如此，但如三十六回说"白绫红裹的兜肚"已成合（音葛）好了，怎能再刺？（音戚）"宝钗只刚做了一两个花瓣"，难道连里子一块儿扎么？此种疵累，前人已言之，固无伤大雅，若切近事实，自然更好。

做法各异　干湿有别

茄胙、茄鲞不仅名字不同，做法亦异，有干湿之别。依脂批与通行本，茄鲞是湿的，如说"用鸡汤煨干，将香油一收，外加糟油一拌"，即使"盛在瓷罐子封严"亦不似今之罐头，日久岂不渥（北音）坏了？自不如有正本（亦脂批之一）茄胙的制法，晒干了"必定晒脆了，盛在瓷罐子封严了"之为妥当。是书描绘多在虚实之间，这里取其较符事实者，亦未脱拘滞之见。亦姑妄言之耳。

近得语言研究所丁声树先生来信，题一月十六日，至四月初方从文学所转到。书中提起这问题，遂破甑再拾，写为短篇以志君惠。

其第一书，录其说茄胙（鲊）之一节："茄胙也叫茄子鲊，是现在许多地区常用的食品。做法和凤姐说的大同，当然不是用那么华贵的调料，而是一般人家都可以常做的。"

书中又提到《红楼梦》上的问题（详下）。我覆信询茄鲊之详，他于四月十日覆书云：

> 茄子、扁豆、豇豆、酸菜、辣椒鲊等，广泛流行于湖
> 北、湖南、贵州、四川、云南各省。茄鲊尤为常见，据说
> 昆明市上酱菜园中，今天还有出售茄鲊的（文字可能不用
> 鲊字）。一般地讲，普通人家自制居多。茄鲊做法确实与
> 正本凤姐口中所说相似。茄子预先切成细丝晒干，拌上米
> 粉、调料、盐末之后（当然不会有什么鸡丝鸡汤等等），
> 长期贮藏在一个菜坛子里。食用从中取出若干蒸之即可。

语甚明确，自属可信。有正本之作茄胙近于写实，固较各本为
长。既通行于西南，北人不知，视为新奇，亦不足怪也。

文字亦有异同

但并不止蔬菜作法，且有文字的异同。丁君专攻语文，原
作为《红楼梦》版本一问题而提出的。更录其第一书之关于茄
鲞者："鲞似当作鲝，与鲊同字，集韵同在上声马韵，音侧下
切，今普通话读zhǎ。有正本的'胙'，应读为'鲊'，与脂
本的鲞是一字异体。"

他从《红楼梦》的两种本子来谈文字的异同，意甚新颖。

先说'胙''鲊'。比较简单，其音为'侧下'zhǎ，'鲊'正体，'胙'别字，现在酱园不知写甚字，如丁君所云。按《字典》鲊训藏鱼，与䰾同。'䰾'从差声是古字，胙肉之胙是借字。我前校本从有正本作'茄胙'，他年可修改或加注。诸本之作'茄䰾'者，其制法与有正本不同，自成一系列。'䰾'为俗字，正作'䰾'，并音想，改与不改，似亦无关作意，情形尤简单。其实不尽然。

"䰾"如改"䰾"，笔画似相差无几，却与"䰾"字只多了一捺。茄䰾（鲊、胙）通行于西南半壁，而茄䰾之称，《红楼》以外无闻焉。"䰾"是否"䰾"之误呢？丁君此书正是这样提出的。是文字、意义的差别，而非字体之异写。据《字画》：

> 䰾，从差省，侧下切，音鲊。藏鱼，䰾，从食省，息两切，音想，干鱼腊。（注䰾鲜，古今字，䰾见说文。䰾有想吃味美之意，音兼义）

"䰾""䰾"形近音异，久藏干腊义亦相近，而古今异制，南北异称，今不能详，但总是两字耳。

从本书言之，茄䰾、茄胙名称制法不同，原各成系列。但有正亦是脂本，虽不着脂砚之名，何以与其他脂本不同，似是一问题。以"鲊"校"鲞"，有沟通二者意，此即丁君"一字异体"之说，也就是说应以"茄鲊"为正。

作者本意何在?

首先从一般通行本看，"鲞"是否错字? 鲞鱼是现在的普通食品。以把茄子做得鲜美而耐久藏，谓之茄鲞，名义亦相当，却皆似出于空想，不如作茄鲊的近乎事实，而于小说为无碍，已见前文。

如作者当时想的名字是"茄zhǎ"，应当写什么字呢? 总是"鲊"之类，怕不会写这古体; 既然"鲊"自不会一错成"鲞"再误为"鲞"了，再退一步，即使改"鲞"再误成"鲞"，欲结合有正与他脂本，恐仍无益，因其下文的制造各具一格，上虽通连，而下歧出如故也。若同是脂本系统，何以有两种格式，自是原作稿本的不同，且有关于《红楼梦》二元或多元的性质，兹不具论。

前校是书，用有正戚序本作底子，我当时不大满意，想用庚辰本而条件不够（庚辰本只有照片，字迹甚小，亦不便抄写）。现在看来，有正本非无佳处，"茄鲊"之胜于"茄鲞"便是一例。余年齿衰暮，无缘温寻前书，同校者久归黄土，不能再勘切磋，殊可惜也。

七九年五一前夕

七九年六月九日口占

赞曰：以世法读《红楼梦》，则不知《红楼梦》；以《红楼梦》观世法，则知世法。

七九年五一前夕

秦可卿死封龙禁尉（外二章）

《红楼梦》文字错乱，故不易翻译。杨宪益君新译本自较好，然亦不免有误。如第十三回回目此句，译作：Ko-ching dies and a captain of the imperial guard is appointed。用连接词将一语分为两段，其误甚明。然细辨之殆非无因。此句原文本不太通顺。一个女人怎么会被封为武官？固不能直译为英文也。但杨氏对此目未尽了解。Appointed如回译为汉文当是"授"而非"封"，见下。

这是回目经过修改的原故。本作"秦可卿淫丧天香楼，王熙凤协理宁国府"，非常工稳贴切。但既删去天香楼一段故事，自然不得不修改回目，是否修改好了？也很难说。

龙禁尉者，于清代官制当为乾清门侍卫，悠谬其词耳。贾蓉新捐这官，据说为丧礼上风光些，但官只不过"五品"，何

红楼梦研究

以风光，请看铭旌：

"防护内廷紫禁道御前侍卫龙禁尉"。此即回目所谓"死封龙禁尉"。铭旌写法乃小说家夸言，与后来的笑话相似，非实笔也。"诰封"与"诰授"不同。古代妇女随夫之官职得封，故夫人亦俗称"诰封"。打油诗云"三品受夫封"是也。

如上所述改本回目虽亦勉强可通，终不及原目之自然。是否别有寓意不得而知。与其穿凿附会，不如径认作者措辞未善之为愈也。

将一句译成两截终觉不妥。如译为"秦可卿，龙禁卫之夫人死"，略去"新封"一事，或较径捷而不失原意。中西语法不同，此或未谙译事甘苦者之言耳。

七九年十一月廿一日

宝玉之三妻一爱人

在记中前八十回宝玉之婚配迄无定论，后四十回云云可备一说耳。姑妄言之，期在通俗，无取繁词。以甲乙等示之。

甲、可卿，主婚者警幻。第五回曰："再将吾妹一人，乳名兼美，字可卿者，许配与汝，今夕良时即可成姻。"是也。

在人世为私情，天上是合法的，其人也，"鲜艳妩媚有似乎宝钗，风流袅娜则又如黛玉”。固合钗黛为一身者。

乙、宝钗，主婚者元妃。第二十八回"薛宝钗羞笼红麝串"。端午节所赐，宝玉与钗同黛异。且恐人不注意又明点一句："怎么林姑娘的倒不同我的一样，倒是宝姐姐的同我一样？"回末借以写艳，黛玉有"呆雁"之喻，神情绝妙，岂续貂恶札所梦见。

丙、湘云。今传本记安排她嫁卫若兰，其订婚见第三十二回袭人语。但此恐只是一种稿本。宝湘婚姻，在"红学"之传说中还未停止，如所谓"旧时真本"等。依事理推测，枕霞是贾母的娘家侄女，黛玉卒后老人属意于她，亦有可能。特别是第三十一回"因麒麟伏百首双星"一语，若非宝湘结合，则任何说法终不圆满也。此属于本书稿本参错问题，今不具论。

丁、黛玉。有前生之情缘，无今生的婚姻，这在书中是最明显的。但所谓前因，依第一回之记叙却非常糊涂，神瑛顽石是一是二，惝恍迷离。程排本以神瑛侍者为警幻赐顽石之美称，自非抄本之误，盖亦出于不得已。若如脂本，两故事平行而不交叉，绛珠自以眼泪还侍者甘露之惠耳，与顽石又何干？而曰"木石前盟"耶？是"楚则失之，齐亦未为得也"。若此疑难由于稿本之错杂，非空言所能解决也。

七九年十一月二十三日

红楼梦研究

拟致国际《红楼梦》研讨会书

一九八〇年五月二十六日（未用、摘要）

这次大会是世界性的，空前的，总结过去的经验，指出将来的方面，继往开来，意义重大。我的贡献却很浅薄，直陈三者如下：

（一）《红楼梦》可从历史、政治、社会各个角度来看，但它本身属于文艺的范畴，毕竟是小说；论它的思想性又关于哲学。这应当是主要的，而过去似乎讲得较少。王国维《红楼梦评论》谈到思想，有唯心论的偏向，更有时间的局限。至若文学方面巨著，迄今未见。《红楼梦》行世二百年来众说纷纷，称为红学，而其核心仍缺乏研讨亦未得正确的评价。今后仍应当多从文、哲两方面加以探讨，未知然否。

（二）今之红学，五花八门，称极盛矣，可促进读者对本书之理解，却亦有妨碍之处。以其过多，不易辨别也。应当怎样读《红楼梦》？只读本文，未免孤陋寡闻；博览群书，然将迷惘无措。或摈而勿读，或钻入牛角，盖两失之矣。为今之计，谓宜编一"概要""浅说"之类清明简要，俾读者一览易知，不必旁求（此就一般情况言，专攻自当别论），则于喜读是书者不无小补。众谈分歧，原书微隐，取同、存异、阙疑，三者固缺一不可。然云取同，未必尽同；存异，异说难备；阙疑多则读者或不惬也，而况邦国殊情左右异辙，人持一说，有多方，欲图编纂，事属大难，姑存愚管，备他年之节取耳。

（三）另一点，数十年来对于《红楼梦》与曹雪芹皆有褒无贬，推崇备至，且愈来愈高。像这般片面性赞美，实无助于正确之理解。二十年代初，我在《红楼梦辨》里对这书的估价并不太高，甚至偏低，虽然是错的，却很少引起他人的注意，后来我也放弃前说，挤到捧曹迷红的队伍里去了，应当说是可惜的。既然无一不好，便把缺点作优点，明明是罅漏，却说有微言大义。我自己每犯这样的毛病，比猜笨谜的，高不了多少。后四十回出于续貂，前八十回亦丛残牾抵，此人所知者。本书固是杰作却非完璧，若推崇过高则距大众愈远，曲为掩护则真相更迷，爱之适以害之耳，原说要批判接受的，何以不见实行？或是由于过分热心接近之故，如将距离放远些，从另一角度来看，则可避免不必要的纠纷，而一新《红楼梦》面貌也。

注：

①昔年清华考试，人每以"胡适之"对"孙行者"，趣闻也。

②此批当在"满纸荒唐言，一把辛酸泪"一诗之上，但并非第一首标题，盖别有说，今不详言。

③鲞每以勒鱼为之曰勒鲞。俗语云"来鲗去鲞"，即勒鱼也。亦有以他鱼为之者。

④第十四回载铭旌全文：

"奉天洪运兆年不易之朝诰封一等宁国公冢孙妇防护内廷紫禁道御前侍卫龙禁尉享强寿贾门秦氏恭人之灵柩"

如此之长，实在有点像老笑话书上所载"翰林院侍讲大学士国子监祭酒隔邻王婆婆之柩"，信为语妙，岂铺张之谓欤。

一九七九年十二月九日

（说明：这组资料原发表于香港《明报月刊》，其中俞平伯先生晚年对于《红楼梦》研究的反思和一些观点，对于当前的"红学"研究颇有意义，为此，我们特选辑了其中的十三篇在此刊载，以飨内地的学者。本资料的辑者为曹明先生。据《文教资料》1995年第4、5期）

跋

文怀沙

五四运动以后，有若干人，对中国古典文学热情地采取排斥的态度。另外有一部分的人则在冷静地撷取宝贵的中国文学遗产，细心地爬剔：这，我们可以认作是一种肯定文学遗产的第一部分的工作。前者虽不免是武断的摒弃，但在一定的时间限度内，自有其革命的作用。而后者的态度与业绩也是应该被我们承认与接受的。我们知道在今天作为一个真正的唯物史观者，不该再执着地无原则地讳认昨天。新兴的文学不能从天而降，它必然有所承受：这正有如一个新的生命，它必须是从另一个旧有的母胎中产生出来。自然，这不能只被意味到属于同一个模型的影制。所谓承受也只是通过发展历程所变化的结果：更具体地说，承受也者乃是通过各个不同角度的钻磨，有步骤地企图廓清历史的尘雾以求真实；次一步才能对某一特定的作品，予以正确的评价。

基于以上的看法，我们只要是读过平伯先生将近三十年前写的《红楼梦辨》，首先不难认识到平伯先生对中国文学的历史遗产抱着如何严肃的态度。其次我们不难认识到平伯先生何以对《红楼梦》发生了如此丰饶的兴味？乃至于不惜花费很多的时间与精力寻绎这本书中若干被人漠视的部分。他的史癖趋向于红楼梦的程度简直不下于乾嘉诸子对于典籍的诠诂。总之这不会是偶然的事。至少，我们可以体味到这正是平伯先生对当时的新旧学究们所提出的一项抗议。虽然有极少的部分的人，过事偏激，不能了解到这一层用意。我想平伯先生也无意赢得这一部分人的青睐。

我们知道《红楼梦》一书是十八世纪中国最负盛名的小说，著者曹雪芹原写定八十回，以后还写了一些，大约有三十回，并没有完成，这一部分不幸被散失了。所以那时以抄写流传的都只有八十回。后来经高鹗补写了四十回，到一七九一年，程伟元为之排版，合前共计一百二十回，称为《红楼梦全书》，流传得很广。高程二人都不说明补作的情事，却自称是从多方面所觅得曹雪芹的原稿，以企图蒙混读者。这个谎话经过了一百多年没有被人拆穿。平伯先生当他还在青年期时，即在努力考辨这个问题，《红楼梦辨》的写作主要是企图恢复红楼梦的真面目。该书成于一九二一年，一九二三年出版。它的目的大体说来有二：第一是辨伪；辨明高鹗续书是怎么一回事？它的价值在那里？是否合于曹雪芹的原意？第二是存真；看八十回内有些什么应该商讨的？再看后三十回还剩了什么佚文遗事可以搜辑的？总之，通过平伯先生严谨的治学的态度和方法，使他在这部书中获得相当良好的成绩。可是由于当时被材料所限制，若干论据还不能完全坐实。

自从发见了脂砚斋评本石头记以来，曹雪芹的创作心理过程，逐渐弄明白了，同时《红楼梦辨》中若干被人目为大胆的假设均已得到了证明。因而我认为《红楼梦研究》不仅是《红楼梦辨》的改版，而是把辨伪存真的工作更推进了一步；非但高程续补迥异原作，已成铁案；而曹雪芹未写完的书，究竟应该是什么样子的？亦可以窥见大体。

作为《红楼梦研究》的第一个读者，在我已感很大的光荣。又承平伯先生嘱我写下个人读后的意见，我不敢违命，只好不厌辞费地交纳出我这些不够成熟的理解。

一九五○年十二月十二日，北京

国家新闻出版广电总局
首届向全国推荐中华优秀传统文化普及图书

‖ 大家小书书目

出版说明

  本著是俞平伯的经典著作，此次出版依据棠棣出版社1952年9月第1版，附录增收俞平伯晚年遗作《乐知儿语说〈红楼〉》一篇。为尊重作者写作习惯和遣词风格、尊重语言文字自身发展流变的规律，为读者提供一个可靠的版本，"大家小书"对于已经经典化的作品不进行现代汉语的规范化处理。

  提请读者特别注意。

北京出版社